Oetinger

Herbert Günther, 1947 in Göttingen geboren, arbeitete zunächst als Buchhändler und als Lektor von Kinder- und Jugendbüchern. Seit 1988 ist er freier Schriftsteller und schreibt Bücher für Kinder, Jugendliche und Erwachsene sowie Drehbücher für das Fernsehen. Er wurde mit dem Daniel-Wunderlich- und dem Friedrich-Bödecker-Preis ausgezeichnet.

Herbert Günther

Leo der Ferienhund

Zeichnungen von Dagmar Geisler

Verlag Friedrich Oetinger · Hamburg

Die Bücher über Leo

Leo, der Familienhund
Leo, ein Hund für alle Fälle
Leo, der Ferienhund

Einband und Illustrationen von Dagmar Geisler
Satz: UMP GmbH, Hamburg
Druck und Bindung: Ueberreuter Print spol.s.r.o., Pohořelice
Printed in Czechia 2005
ISBN 3-7891-3612-3

www.oetinger.de

Inhalt

1. KAPITEL	Nach Norden	7
2. KAPITEL	Leo begegnet einem Ungeheuer	16
3. KAPITEL	Auf dem Hansen-Hof	24
4. KAPITEL	Leo am Meer	33
5. KAPITEL	Leo entscheidet	40
6. KAPITEL	Ein ziemlich guter Nachmittag	52
7. KAPITEL	Gespräche im Dunkeln, Gespräche im Hellen	60
8. KAPITEL	Am Hundestrand	70
9. KAPITEL	Im Piratenlager	80
10. KAPITEL	Leo und Jasmin	89
11. KAPITEL	Eine unruhige Nacht	97
12. KAPITEL	Leo und Leo	108
13. KAPITEL	Ein Professor lernt etwas	114
14. KAPITEL	Abschied	127
15. KAPITEL	Ein neues Spiel	136

1. Kapitel

Nach Norden

»HH?«
»Holt Heringe«, sagte Karoline.
»KS?«
»Keine Suppe«, sagte Leo.
»Haha.«
»WOB?«, fragte Leo.
Karoline überlegte. Drei Buchstaben, drei Wörter.
»Lange überlegen gilt nicht«, sagte Leo.
»Willi ohne Bart«, sagte Karoline.
Zu fünft saßen sie im Auto und fuhren Richtung Norden in die Ferien. Vorn Mama und Papa, auf dem Rücksitz Karoline und Leo, der Junge. Zwischen ihnen der große schwarze Koffer, neben ihnen Taschen, Bademäntel, das Federballspiel, die Kühltasche. Und hinten im Kombi, genauso eingemauert in Gepäck, lag Leo, der Hund. Jedes Mal, wenn die Fahrt langsamer wurde, stand er auf, drehte sich mühsam um und sah durch das Hundegitter nach vorn. Aber niemand beachtete ihn.

Enttäuscht ließ er sich jedes Mal wieder fallen. Dann war der Taschenberg aber schon ins Rutschen geraten und sein Reiseplatz drohte noch kleiner zu werden. Also blieb er, wo er war, auch, als der Verkehr bei Hannover dichter und dichter und die Fahrt langsamer und langsamer wurde.

Dass Karoline zum ersten Mal mit zwei Leos in die Ferien fuhr, hatte sie sich selber eingebrockt. Als sie im Frühjahr nach der Mandeloperation für eine Woche im Krankenhaus war, hatte sie dort Leo, den Jungen, getroffen. Und weil er so hieß wie ihr Hund Leo, hatte sie ihn unbedingt wiedersehen wollen und ihn einfach angerufen. Sie hatten sich kennen gelernt. Ein bisschen jedenfalls. Dann musste seine Mutter für ein halbes Jahr nach Amerika. Leo wollte aber nicht mit. Leo wollte auch nicht zu seinem Vater. Seine Eltern waren geschieden. Da hatte Karoline einfach gesagt: »Du kannst doch das halbe Jahr bei uns wohnen. Und zur Probe fährst du in den Ferien mit ans Meer. Dann siehst du, ob's dir bei uns gefällt oder nicht.«

Nun hatte Karoline sozusagen einen Bruder auf Probe – und mit dem saß sie jetzt im Stau bei Großburgwedel und sie spielten das Nummernschildspiel.

»Spielt ihr mit, Mama? … Mama!«

Karoline pikste ihrer Mutter in den Arm. Frau Jansen war in ein Buch vertieft. Kaum hatten die Ferien begonnen, musste sie lesen. Selbst beim Autofahren. Wenn Karoline beim Autofahren las, wurde ihr immer schlecht.

»Was ist denn?« Mama ließ sich nur ungern aus ihrer Geschichte reißen.

»Spielt ihr mit? Guck mal, da vor uns, der dunkelrote Ford. Auf dem Nummernschild steht GÖ. Was ist das?«

»Göttingen«, sagte Mama. »Eine Universitätsstadt an der Leine.«

»Falsch«, sagte Karoline. »Du musst was erfinden. GÖ, also zum Beispiel … *Geht öfter*, oder … oder *Gern öde* oder so.«

»Nummernschildergeschichten«, sagte Leo.

»Ach so«, sagte Mama.

Papa klopfte mit den Fingern auf das Lenkrad und lächelte vor sich hin. »Göttingen«, sagte er. *»Die Stadt selbst ist schön und gefällt einem am besten, wenn man sie mit dem Rücken ansieht.«*

»Mit dem Rücken kann man doch nichts sehen«, sagte Karoline.

»Wer weiß«, sagte Papa. »Das über Göttingen hat mal ein berühmter Dichter gesagt. Heinrich Heine. Dem hat es dort nicht gefallen. Die Göttinger

Frauen und Mädchen, hat er gesagt, hätten viel zu große Füße.«

Was soll denn das nun wieder?, dachte Karoline und sah auf ihre Füße hinunter. Schuhgröße 38. Ziemlich groß für ein elfjähriges Mädchen. Aber wieso sollten ihre Füße deshalb nicht schön sein? Sie wackelte mit den Zehen in ihren Sandalen.

»Na, Leo, alles klar?«, fragte Papa und drehte sich zu ihnen um.

Leo, der Junge, nickte.

Leo, der Hund, stand auf, stolperte über das Gepäck und schaute durch das Gitter. Niemand außer Karoline bemerkte es. Sie steckte den kleinen Finger durch die Stäbe und spürte Leos warme, feuchte Schlabberzunge.

Papa kümmerte sich auffallend viel um Leo, den Jungen. Leo hier, Leo da. Damit er sich auch wohl fühlte in ihrer Familie. Die beiden waren schon eine richtige Männerclique. Vielleicht hatte sich Papa überhaupt viel mehr einen Jungen gewünscht als ein Mädchen?

Hinter ihnen hupte es. Papa hatte vor lauter Freundlichtun gar nicht gemerkt, dass es weiterging. Rechts fuhr ein schwarzer Geländewagen an ihnen vorbei. Der Fahrer wedelte aufgeregt mit den Händen und zeigte Papa einen Vogel.

»BS«, sagte Mama. »Besonders sauer.« Dann vertiefte sie sich wieder in ihr Buch und Papa gab Gas.
»MZ?«, fragte Leo.
»Keine Lust mehr«, sagte Karoline. Plötzlich wollte sie nur noch ihre Ruhe haben und sah demonstrativ zum Fenster hinaus.
»Hast du was?«, fragte Leo. Mit seiner Hartnäckigkeit konnte er einem manchmal ganz schön auf den Wecker gehen.
»Nein!«, sagte Karoline. So wie ihr das rausgerutscht war, hörte es sich wahrscheinlich doch an, als sei sie eingeschnappt. Sie seufzte und sagte: »Ich will nur mal ein bisschen die Landschaft angucken.«
»Lüneburger Heide«, sagte Leo. »Dahin haben sie Cäsar verkauft.«
Cäsar war ein schwarzer Dobermann. Der am besten dressierte Hund, den Karoline je gesehen hatte. Er gehörte Leos Vater, der Trainer war auf einem Hundeplatz. Nach der Scheidung hatten sie Cäsar weggegeben.
Draußen flogen Wälder und Wiesen und Häuser vorbei und schließlich sagte auch Leo, der Probebruder, nichts mehr und sah auf seiner Seite zum Fenster hinaus. Wahrscheinlich, dachte Karoline, guckt er jetzt überall, ob er irgendwo Cäsar ent-

deckt. Ob Hunde das merken, wenn einer ihrer ehemaligen Menschen in der Nähe ist? Hunde können zwar nicht rechnen und nicht reden, aber sie spüren viel mehr als Menschen. Das wusste Karoline von Leo, ihrem Hund.

Schweigend fuhren sie weiter Richtung Norden. Am Himmel wurde es immer dunkler und noch vor Hamburg fing es an zu regnen.

»Das erwartete Tief«, sagte Papa. »Das kann ja heiter werden.«

Regentage im Ferienhaus hinter dem Deich – Karoline erinnerte sich an die vorigen Male, die sie dort gewesen waren – konnten ganz gemütlich sein: Sie hatten Zeit. Das Kaminfeuer brannte. Papa spielte auf seiner Gitarre. Mama las eine Geschichte vor. Oder sie erzählten sich etwas von früher und spielten mit Leo, dem Hund, Quietschball und Ringefangen.

Aber in diesem Jahr war Leo, der Junge, dabei. Da würde alles irgendwie anders werden. Ob es richtig war, dass sie ihn eingeladen hatte? Es war ein Unterschied, sich mit jemandem nur mal zu treffen oder ihn ständig neben sich sitzen zu haben.

In Hamburg fuhren sie unter der Elbe hindurch. Als sie aus dem langen Tunnel kamen, regnete es noch immer.

»Ich sehe was, was du nicht siehst, und das ist grau«, sagte Karoline.
»Muss aber was hier im Auto sein«, sagte Leo, der Junge, »sonst kann man es nicht erraten.«
»Ach so. Na ja«, sagte Karoline. »Dann spielen wir Menschenraten. Du denkst dir jemanden aus, ich frage.«
»Wen soll ich mir denn ausdenken?«, sagte Leo.
»Egal. Irgendjemanden, den du kennst oder von dem du schon mal was gehört hast. Tot oder lebendig, egal. Aber antworten darfst du nur mit Ja oder Nein. Startklar?«
»Hm. Ja.«
»Also. Tot?«
»Nein.«
»Männlich?«
»Nein.«
»Lebt in Deutschland?«
»Ja.«
»Berühmt?«
»Nein.«
»Aber du findest sie gut?«
»Ja.«
»Wohnt die vielleicht in unserer Stadt?« Karoline schielte über den Rand des schwarzen Koffers zwischen ihnen. Leo hatte rote Ohren.

»Ja«, sagte er.
»Kenne ich die?«
»Ja.«
»Sitzt die vielleicht hier im Auto?«
Leo grinste. »Ja.«
»Meine Mama!«, sagte Karoline.
»Nein«, sagte Leo.
»Ach so. Du meinst … Du findest …« Karoline war durcheinander.
»Du bist dran«, sagte Leo schnell. »Denk dir wen aus.«

2. Kapitel

Leo begegnet einem Ungeheuer

So lange war Leo, der Hund, noch nie Auto gefahren. Seine Menschen saßen vor dem Gitter, redeten und lachten und kümmerten sich nicht um ihn. Nur Karoline hatte einmal ihren kleinen Finger durch das Drahtgitter gesteckt. Immer wieder war das Auto stehen geblieben, aber die Türen hatten sich nicht geöffnet und niemand hatte sich vom Fleck gerührt.

Regen prasselte auf das Autodach. Von Zeit zu Zeit quietschte der Scheibenwischer und verschmierte die Sicht nach hinten hinaus. Nachdem Leo gemerkt hatte, dass Anhalten nicht Aussteigen bedeutete und dass jedes Aufstehen die Taschen-, Rucksack- und Beutelberge in Bewegung brachte, blieb er auf seinem Platz, legte den Kopf quer über die Vorderpfoten und döste. Leo schien die Autofahrt kein Ende zu nehmen.

Schließlich ging es wieder durch Kurven, das Gepäckgebirge schwankte bedrohlich. Einmal hol-

perte es und Leo wurde durchgeschüttelt. Dann knirschte Kies unter den Reifen, das Auto blieb stehen, das Motorbrummen setzte aus, die Türen wurden aufgestoßen.
Leo sprang auf und bellte. Endlich zu Hause. Nichts wie raus hier! An den Futternapf rennen, trinken, fressen. Im Haus rumlaufen, Treppe hoch, Treppe runter.
Eine halbe Ewigkeit später wurde die Heckklappe geöffnet. Leo sprang heraus – aber was war das? Es roch ja ganz anders. Salzig, feucht. Hier war überhaupt nicht sein Revier. Ein Blick genügte. Kies, Schotter, fremde Autos, Gras, Büsche, ein grüner Hang mit Bäumen darauf, davor ein großes Haus – alles war fremd.
Aufgeregt rannte Leo von einem zum anderen. Er hechelte. Karoline strich ihm über den Rücken und kraulte ihn hinter den Ohren. Auch der Leo-Junge klopfte ihm auf den Hals. Und Papa aufs Hinterteil. Na gut. Sie kümmerten sich wieder um ihn.
Und plötzlich war da sogar sein Futternapf. Mama wedelte damit vor Leos Nase herum. Alle zusammen gingen sie zu dem großen Haus. Papa schloss die Tür auf.
Ein großer, dunkler Flur. Sie stiegen eine Treppe hinauf. Oben wieder ein Flur. Mama knipste das

Licht an. Zwei Türen, eine links, eine rechts. Sie öffneten die linke Tür und eroberten die fremde Wohnung.
Alle liefen hin und her, redeten, lachten, waren wieder sehr beschäftigt. Immerhin rief Papa Leo ins Badezimmer und stellte ihm seinen Futternapf mit frischem Wasser vor die Nase.
Vorsichtig schnupperte Leo, dann fuhr er die Zunge aus, schleckte. Das Wasser schmeckte fast wie zu Hause. Hastig schlabberte er sich den Bauch voll.
»Leo, komm!«, rief Karoline.
Na klar. Sofort. Neben Karoline und vor den anderen rannte er aus der Wohnung, die Treppe hinunter, zur Haustür hinaus, der Nieselregen machte ihm nichts. Endlich laufen! Er drehte eine Extrarunde um den Platz vor dem Haus. Dann sprang er an Karoline hoch und forderte sie zum Spielen auf.
»Nein, Leo! Nicht, Leo! Warte!«
Karoline, Mama, Papa und der Leo-Junge schleppten Sachen aus dem Auto, Rucksäcke, Taschen, Beutel, Koffer, Schachteln. Leo wuselte ihnen vor den Füßen herum und Papa fluchte, als er auf der Treppe beinahe über ihn gestolpert wäre.
Erschrocken sprang Leo zur Seite und flüchtete

mit eingeklemmtem Schwanz die Treppe hinunter. Mit hängendem Kopf schlich er hinter seinen Menschen her.
Wieder erlöste ihn Karoline. »Komm, Leo«, sagte sie und strich ihm über den Nacken. »Wir gucken uns mal um.«
Der Leo-Junge kam mit. Sie liefen an den geparkten Autos vorbei, einen Schotterweg auf den langen grünen Hang hinauf. Es hatte aufgehört zu regnen. Durch eine Wolkenlücke fiel ein Sonnenstrahl auf die Baumreihen zu beiden Seiten und ließ das tropfnasse Blätterdach glänzen. Der Wind rauschte durch die Baumkronen und schickte ihm einen Schwall Nässe ins Fell. Leo schüttelte sich.
Eine Weile gingen sie auf der schmalen Asphaltstraße oben auf dem grünen Hang entlang. Niemand begegnete ihnen, kein Mensch, kein Tier, kein Auto. Aber der Wind, die Luft! Leo hob den Kopf und schnupperte. Nicht zu glauben, was es hier zu riechen gab! Scharfer Tiergeruch, Katze, Kaninchen, Hund. Und zwischendrin vieles, was er nicht kannte.
Die Hauptriechspur führte auf der anderen Seite der Straße hinunter: Ein schmaler Weg lief schräg am Hang durch hohes Gras bergab. Leo konnte nicht widerstehen. Er folgte dem Geruch, neugie-

rig, was sich dahinter verbarg. Karoline und der Junge riefen ihn nicht zurück.
An engen Stellen peitschten ihm die langen feuchten Halme ins Gesicht. Schon bald war er pitschnass. Aber der Geruch wurde immer stärker.
Und endlich, am Ende des Pfads, entdeckte er die Quelle des Geruchs. Ein Misthaufen in der Mitte, Pfützen, ein Tümpel und Tiere, überall Tiere. Und ringsherum Häuser, ein großes und viele kleine.
Vor einer Holzhütte neben dem Misthaufen lag ein sehr alter Hund. Er sah zu Leo herüber, rührte sich aber nicht. Hühner pickten herum, Enten schwammen auf dem Tümpel oder watschelten zwischen den Hühnern. Vor einer Stallwand standen Kaninchenkästen, auf dem Dach der Hundehütte lag eine Katze, Spatzen tranken aus den Pfützen und über das Hausdach segelte eine Schar fremder weiß-grauer Vögel, größer als Tauben.

Alle hatten ihn längst gesehen. Aber sie wirkten friedlich, der große Hund am meisten. Also verzichtete Leo darauf, wild zu bellen, und tappte vorsichtig, nach allen Seiten sichernd, auf den Hof in Richtung Hütte. Zwar reizte es ihn sehr, die Hühner und Enten zu jagen, aber wer weiß, was der Hund dann machen würde. Hier war schließlich sein Revier.

Leo war auf halbem Weg zur Hütte, da stand die Katze auf, lief auf dem First der Hütte entlang und machte einen Buckel. Die Hühner in Leos Nähe hörten zu picken auf und hüpften von ihm weg. Die Kaninchen steckten die Köpfe zusammen. Zwei Enten sprangen in den Tümpel und schwammen zur Mitte. Nur der alte Hund rührte sich nicht.
Leo ging auf ihn zu, bot ihm die Schnauze zum Gruß. Der andere roch säuerlich nach Großvater-Hund. Auch jetzt stand er nicht auf und glotzte Leo nur gleichmütig an.
Dafür ließ die Katze ein gefährliches Fauchen hören. Aber sie blieb auf dem Dach.
Leo war unsicher. Der alte Hund lag zwar mitten auf dem Hof, als wäre er der Chef, aber wie es schien, hatte er hier nichts mehr zu sagen. Leo tappte durch stinkende Pfützen vom Misthaufen zu den Kaninchenkästen hinüber, schnupperte hier, schnupperte da, und als er schon nichts Böses mehr erwartete, passierte es: Aus dem Stall neben den Kästen kam ein Tier, wie Leo es noch nie gesehen hatte. Es war doppelt so groß wie er, und als es den Kopf senkte, zeigten zwei bedrohlich spitze Hörner direkt auf Leo. Mit unvermuteter Geschwindigkeit rasten die Hörner auf ihn zu.
Leo jaulte auf und rannte, was er konnte, quer über

den Hof. Hühner und Enten flatterten zur Seite. Leo spürte das schnaubende Ungeheuer dicht hinter sich. In seiner Panik fand er den Weg vom Hof nicht mehr, rannte um den Tümpel, rannte um den Misthaufen, und als er den Weg endlich gefunden hatte, kamen ihm vier fremde Menschenbeine entgegen. Also schlug er einen Haken, rannte zurück über den Hof, die Hörner immer dicht hinter ihm.

Leo spürte, dass ihm allmählich die Luft ausging. Lange würde er nicht mehr durchhalten können. Er raste am Misthaufen vorbei, und als der Tümpel vor ihm auftauchte, sprang er mit einem langen Satz mitten hinein.

Die grünliche Brühe platschte auseinander. Laut quakend flüchteten die Enten nach allen Seiten. Das Ungeheuer, zum Glück, blieb am Ufer stehen und meckerte.

3. Kapitel

Auf dem Hansen-Hof

Leo, der Junge, ging neben Karoline auf dem Alten Deich entlang und drückte sein Handy ans Ohr. Er telefonierte mit seiner Mutter. Karoline fand es komisch, ihm dabei zuzuhören. Aber weghören konnte sie schließlich auch nicht. Außerdem waren sie nun so etwas wie Geschwister auf Probe und das hieß doch auch, dass sie so gut wie keine Geheimnisse voreinander hatten.

»Ja, sind gut angekommen«, sagte Leo ins Telefon. »Lauter Staus … hier regnet es auch … nee, am Meer waren wir noch nicht … das Haus ist ein so großer Kasten, mindestens fünf Wohnungen drin, glaube ich … ja, ich zieh mich warm an, ja … ja, mach ich … ja, bin ich … mach dir keine Sorgen …«

Karoline fand, dass er ruhig etwas begeisterter klingen könnte. Dass es regnete, dafür konnte schließlich keiner was, die Staus auf der Autobahn hatten sie auch nicht bestellt und das Haus, na gut, von außen sah es nicht so toll aus. Vielleicht waren die Lotzes *bessere Leute*, vielleicht war er verwöhnt und so. Wenn sie an sein Zimmer dachte – da war alles drin, Fernseher, Computer …

»Nein«, sagte Leo und verzog das Gesicht. »Reg dich nicht auf … Alles in Ordnung … wirklich … Karoline?« – Er sah zu ihr hin und grinste. »Frech, wie immer«, sagte er dann.

»Haha«, sagte Karoline.

Plötzlich hörten sie Leo bellen. Karoline hatte gar nicht gemerkt, dass er sich selbstständig gemacht hatte. Jetzt bellte und jaulte er, als sei er in höchster Bedrängnis. Dazwischen gackerten Hühner, schnatterten Enten und eine hohe, schrille Stimme schrie: »Bertram, Bertram, steh!«

»Leo!«, rief Karoline, drehte sich um und rannte zurück.

»Ich muss Schluss machen!«, rief der Junge ins Telefon. »Leo ist weg!« Ohne eine Antwort abzuwarten, drückte er das Handy aus und lief hinter Karoline her. Auf dem Pfad den Alten Deich hinunter rief ihm Karoline über die Schulter zu: »Er ist auf dem Hansen-Hof! Die haben einen Riesenhund!«

Auf dem Hansen-Hof herrschte Chaos. Mittendrin der Riesenhund. Er lag vor seiner Hütte, rührte sich nicht und sah ihnen gleichgültig entgegen. Um ihn herum aber war alles in Bewegung. Hüh-

ner und Enten flüchteten in die Ställe, ein kleiner Junge rannte vor dem Misthaufen herum, das Hemd hing ihm aus der Hose. Er brüllte wie am Spieß. Um den kreisrunden Tümpel jagte ein Ziegenbock, vollführte seltsame Sprünge und stieß immer wieder mit Schwung seine Hörner in die Luft. Hinter dem Ziegenbock lief ein dickes Mädchen und kreischte: »Bertram, steh! Bertram, steh!«
Im grünen Wasser des Teichs schwamm Leo. Immer wenn er das Ufer erreicht hatte, stand da der Ziegenbock. Dann wendete Leo und paddelte zurück.
»Leo!«, rief Karoline und wollte schon losrennen.
»Nein!«, rief Leo, der Junge, und hielt sie am Arm fest. »Der macht dich platt!«
Aber Karoline war nicht zu halten. Sie riss sich los, raste auf den Ziegenbock los, warf die Arme in die Luft und schrie: »Geh weg, du! Lass ihn in Ruhe!«
Überrascht blieb der Ziegenbock stehen und glotzte sie an. Zum Glück brauchte er lange, bis er alles kapiert hatte. Als er schließlich den Kopf senkte und sich auf Karoline stürzen wollte, hatte das dicke Mädchen ihm längst von hinten einen Strick um den Hals geworfen.
»Komm, Bertram, komm!«, lockte das Mädchen, als

wäre der Ziegenbock ein Baby, und zog ihn entschlossen quer über den Hof in den Stall hinein.
Der kleine Junge wischte sein Gesicht am Hemd ab und weinte nur noch leise.
Leo, der Hund, kletterte aus dem Tümpel und schüttelte sich. Die grünen Tropfen spritzten weit über den Hof.
»Leo, du Mondkalb!«, rief Karoline, lief auf ihn zu und drückte ihr Gesicht in sein nasses, stinkendes Fell.
Leo schleckte ihr über die Wange. Er hielt den Schwanz eingeklemmt und zitterte. So wie er aussah, hieß das: Bloß weg von hier!
Da kam das dicke Mädchen zurück, ohne Ziegenbock, blieb in einiger Entfernung vor Karoline stehen, sah sie an, sagte aber nichts.
»Danke!«, sagte Karoline. »Das hast du toll gemacht!«
Das Mädchen zupfte an ihrem schmuddeligen T-Shirt und nickte. Der kleine Junge, der vielleicht fünf Jahre alt war, hatte jetzt ganz zu weinen aufgehört und sich hinter dem Mädchen versteckt.
»Du bist Annecke, nicht?«, sagte Karoline. »Und das ist Dirk? Weißt du noch, vor zwei Jahren?«
Das Mädchen nickte. »Seit wann hast du einen Hund?«, fragte sie.

»Seit fast zwei Jahren«, sagte Karoline. »Deswegen konnten wir ja letztes Jahr nicht kommen. Leo musste sich erst eingewöhnen.«
»Du heißt Carola, nicht?«, sagte Annecke.
»Karoline«, sagte Karoline. »Wir sind gerade eben erst angekommen. Bleiben vier Wochen.«
Annecke nickte.

»Ich dachte schon, Leo beißt sich mit eurem Hund«, sagte Karoline. Der große Hund lag immer noch auf demselben Fleck vor der Hütte und rührte sich nicht.
»Arno stirbt bald«, sagte Annecke. »Er hört schon nichts mehr.«
»Kaninchen habt ihr ja immer noch viele«, sagte Karoline.
Annecke nickte.
»Also dann«, sagte Karoline. »Danke noch mal. Vielleicht kommen wir mal rüber. Jetzt muss ich los. Leo waschen, der stinkt.«
Sie drehte sich um, gab Leo einen Klaps und ging los. Da fiel ihr Blick auf Leo, den Jungen. Die Hände in den Taschen stand er an der Stelle, wo der Pfad vom Alten Deich auf den Hansen-Hof mündete, und schien verlegen.
Karoline drehte sich noch einmal zu Annecke um und rief: »Der da heißt übrigens auch Leo!«
»Dein Bruder?«, fragte Annecke.
»So ähnlich«, sagte Karoline und lief los.
Annecke runzelte die Stirn und sah Karoline aus großen Augen hinterher.
Karoline und die beiden Leos waren den Pfad am Alten Deich halb hinauf, da flüsterte Leo, der Junge: »Mann, ist die doof!«

»Nicht sehr gesprächig«, sagte Karoline. »Aber sie hat Leo gerettet.«
»Wetten, die kann nicht mal bis zehn zählen!«, sagte Leo.
»Und wenn?«, sagte Karoline. Sie ärgerte sich. Wieso war er so hochnäsig?
Leo, dem Hund, klebte das pitschnasse Fell am Körper. Er schlich mit gesenktem Kopf wie schuldbewusst neben ihnen her und sah viel kleiner und dünner aus, als er in Wirklichkeit war.
Oben auf dem Alten Deich sagte Karoline: »Du bist vielleicht ein Ferkel, Leo!«
»Hunden gefällt das, wenn sie ordentlich stinken«, sagte Leo, der Junge.
»Meiner Mama, glaube ich, nicht«, sagte Karoline.
»Meine lässt Hunde gar nicht erst ins Haus«, sagte Leo.
Sie gingen den Schotterweg vom Alten Deich zum Parkplatz vor der Ferienwohnung hinunter und drei Augenpaare sahen ihnen neugierig entgegen. Zwei Jungen und ein Mädchen. Der ältere Junge war mindestens dreizehn, der andere klein und schmächtig, mit Schlabberjeans, das Gesicht des Mädchens war von langen schwarzen Haaren eingerahmt. Sie lehnten an einem schwarzen Sportwagen. Karoline spürte ihre Blicke schon von wei-

tem und sie spürte auch, dass gleich etwas Blödes passieren würde. Den Schotterweg hinunter kam sie sich vor wie auf einer Bühne. Und tatsächlich, als sie auf gleicher Höhe mit den dreien waren, streckte der ältere Junge den Finger aus, zeigte auf den durchnässten Leo und rief: »Guckt mal, die Ratte!«

Leo, der Junge, grinste nur zurück, als wäre nichts. Karoline zeigte den dreien einen Vogel, dann ging sie weiter. Aber sie musste sich sehr zusammenreißen, um nicht zu explodieren. So eine Knalltüte! Wie gemein der über Leo sprach!

Mama, im Einräumstress, fand Leos Anblick nicht lustig. Papa dagegen war schon in fortgeschrittener Urlaubsstimmung und konnte sich über die Ziegenbock-Geschichte gar nicht beruhigen. Als Karoline ihren Hund unter der Dusche hatte und Leo im aufschäumenden Shampoo aussah wie ein Himmelsschaf oder wirklich wie ein Mondkalb, machte Papa ein Foto. Karoline hatte sich ihren Badeanzug anziehen müssen, weil Leo beim Abduschen nicht stillhielt. Auch beim Fönen musste Karoline ihren Hund festhalten. Am Ende war sie nicht ganz sicher, ob der Gestank wirklich weg war, und tupfte Leo ein bisschen von Papas Rasierwasser ins Fell.

Obwohl sie lange aufgeblieben waren, im Ferienwohnzimmer zu viert Spiele gemacht und noch lange gelesen hatten, ging das Einschlafen heute nicht gut. Karoline lag oben im Hochbett, draußen heulte der Wind, Regen prasselte gegen die Fensterscheibe und im Bett unter ihr lag Leo, der Junge, in seinem feinen gestreiften Pyjama. Obwohl schon seit zehn Minuten keiner mehr ein Wort gesagt hatte, war Karoline sicher, dass er genauso wach war wie sie.

Auch Leo, der Hund, schlief nicht. Er lag auf seiner Decke zwischen Schrank und Fenster, stand immer wieder auf, drehte sich im Kreis und suchte nach einer neuen Schlafkuhle. Einmal lief er zur Tür, kehrte aber um, als er sie geschlossen fand.

Hoffentlich hört es morgen mal zu regnen auf, dachte Karoline. Dann würden sie ans Meer fahren. Das hatten sie nämlich noch gar nicht gesehen.

4. Kapitel

Leo am Meer

Eine komische Gegend war das hier. Keine Bäume, keine Berge, nicht mal richtig feste Erde unter den Pfoten. Nur Sand und scharfkantige Scherben, und von rechts rauschte Wasser heran, immer neues Wasser, überschlug sich weiß schäumend, streichelte noch ein, zwei Meter den Sand und zog sich wieder zurück.

Wasser kam auch von oben. Feiner Nieselregen sprühte beständig auf Leos Fell. Dunst und Nebel lagen über dem breiten Sandstreifen, auf dem es überall kleine Seen gab.

Karoline, Mama und Papa waren gelbe Flecken in der Nässe, der Leo-Junge ein blauer Fleck. Alle hatten Kapuzen über ihre Köpfe gezogen, Gummistiefel an den Füßen und damit fast alle Eigengerüche versteckt. Leo musste sich also mehr auf seine Augen verlassen, doch sehen konnte er nicht so gut wie riechen. Woher hier immer wieder neues Wasser kam, war ihm ein Rätsel. Hinter der unendlichen Weite war nichts zu erkennen. Er hörte es nur rauschen, unaufhörlich rauschen, und er hörte die schrillen Schreie der großen grauen Vögel, die in wilden Sturzflügen die Luft durchstachen.

Karoline und Mama gingen hinter Leo, bückten sich von Zeit zu Zeit, hoben kleine Steine auf oder eine von diesen Scherben, die ihm in die Pfoten schnitten. Was sie gefunden hatten, sahen sie lange an, als wären es Knochen oder ganz besondere Leckerlis, wischten den Sand ab und steckten es in einen Beutel. Manche Scherben hatten einen scharfen, fischigen Geruch.

Leo fand eine schön stinkende, braungrüne Pflanze mit interessanten Blasen daran und brachte sie Karoline, aber die war nicht so begeistert. Statt sie in den Beutel zu stecken, warf sie das Knollengewirr ins große Wasser zurück.

Papa und der Leo-Junge gingen weit voraus, und weil Karoline und Mama beim Steine- und Scherbenaufheben trödelten, wurde der Abstand immer größer. Manchmal begegneten ihnen andere gelbe Flecken in Gummistiefeln, manchmal wurden sie von welchen überholt.

Leo fand das ewige Bücken und Beutelstecken langweilig. Er entschloss sich, zu Papa und dem

Leo-Jungen vorzurennen. Im feuchten Sand fiel ihm das Laufen schwer, aber dicht am großen Wasser war der Sand ganz hart, da machte das Rennen richtig Spaß. Er preschte los, dass Sand und Wasser hinter ihm spritzten.
Was für eine Freude war das, zu laufen! Kein Zaun, keine Straße, keine Autos, einfach geradeaus an der schäumenden Wasserkante entlang und nur das Rauschen der Wellen im Ohr! Leo rannte und rannte und vergaß darüber, wohin er rennen wollte. Es war einfach nur gut zu laufen, zu laufen, zu laufen. Keine Mauer, kein Baum, kein Strauch, überall sah es gleich aus, und Leo rannte weiter und immer weiter.
Irgendwann hatte er sich satt gelaufen, tänzelte mit hechelnder Zunge im Kreis und sah in die Richtung, aus der er gekommen war. Wasser, Sand, Nebel, Dunst und weit entfernt ein paar helle und dunkle Punkte, die sich bewegten.
Langsam und japsend machte er sich auf den Weg zurück. Jetzt war das große Wasser und das Rauschen links und der breite Sandstreifen mit den kleinen Seen rechts.
Aber was war das? Auf einmal war vor ihm ein so großer See, dass er das jenseitige Ufer nicht erkennen konnte. Er stand auf einer schmalen Insel!

Kein Weg führte zurück zu seinen Menschen! Von links rollte weiß schäumend das große Wasser heran. Und Wasser rechts, so weit das Auge reichte!
Leo blieb stehen und bellte. Im Sturzflug schoss ein grauer Vogel herab und segelte dicht vor ihm über das heranstürzende Wasser davon. Leo sprang hinter ihm her, schnappte nach ihm, biss aber nur in den Wind.

Er wich zurück und drehte sich auf der Stelle. Nirgendwo sah er einen der hellen Flecken, nirgendwo eine Spur von Karoline, von Mama oder Papa. Da war nur noch ein einziger grauer Schleier, der alles verschluckt hatte.
Leo bellte. In dem unablässigen Rauschen hörte er sein eigenes Bellen nicht. Nur die schrillen Schreie der grauen Vögel drangen hindurch.

Sollte er einfach in den See springen und schwimmen? Aber wenn doch gar kein Ufer zu sehen war? War er in die falsche Richtung gelaufen, weg von seinen Menschen? Sollte er umkehren? Er kläffte, er jaulte, er wimmerte.
»Leehoo!«
Durch den grauen Schleier hörte er eine Stimme. Ein dunkler Fleck tauchte auf. Und da noch einer, noch einer und noch einer. Die Gestalten kamen auf ihn zu. Eine davon war der Leo-Junge. Leo sprang an ihm hoch, wedelte wild mit dem Schwanz und bellte vor Freude.
Der Leo-Junge lachte und kraulte ihn hinter den Ohren.
»Die Ratte!«, sagte eine Stimme.
Leo ließ sich wieder auf die Vorderpfoten fallen und beschnupperte die drei fremden Gestalten. Sie waren wie der Leo-Junge eingehüllt in dunkle Anoraks und rochen fast gar nicht. Eine Mädchenhand streichelte ihm über den nassen Rücken.
Die fremden Anoraks sprachen und lachten mit dem Leo-Jungen. Dann gingen sie weiter.
Da hörte er Karolines Stimme. »Leo, he, Leo!«
Er stakste los. Der See war gar nicht tief. Leo konnte bequem darin laufen. Er ging auf die Stimme zu.

Am Ufer stand die gelbe Karoline und rief und winkte. Erst winkte sie wild und ausgelassen, dann blieb ihr Arm auf einmal in der Luft stehen, als hätte sie gerade etwas Unglaubliches entdeckt. Leo machte wilde Sprünge. Wasser spritzte nach allen Seiten.
Endlich setzte sich auch Karoline in Bewegung. Sie kam auf ihn zu, umarmte und drückte ihn. Es war eine feuchte und salzige Begrüßung. Vielleicht musste er gleich wieder unter die Dusche.
Zusammen liefen Leo und Karoline am jenseitigen Ufer in den lockeren Sand. Da waren auch Mama und Papa und klopften Leo auf den pitschnassen Rücken.
Schließlich kam auch der Leo-Junge durch den See. Er schlurfte mit den Gummistiefeln durchs Wasser und hinterließ eine breite, schäumende Spur.
Leo sah an der Spur entlang zum anderen Ufer. Die drei fremden Anoraks waren verschwunden.

5. Kapitel

Leo entscheidet

»Komm doch mit«, sagte Leo, der Junge.
Karoline schüttelte den Kopf. »Nein!«, sagte sie. »Zu denen nicht! Hast du gehört? Ratte hat der eine zu Leo gesagt. Ratte!«
»Du kennst sie doch gar nicht«, sagte Leo. »Ich glaube, die sind ganz in Ordnung. Sie haben Leo gerettet.«
»Quatsch!«, sagte Karoline. »Sie waren zufällig auch am Strand. Und außerdem hätte Leo auch von allein zurückgefunden. Er ist ja nicht blöd.«
»Aber sie haben ihn bellen gehört«, sagte Leo.
»Na und?«, sagte Karoline.
»Ihr Vater ist Professor«, sagte Leo. »Der hat Erfindungen gemacht.«
»Na und?«
»Sie haben ein Piratenlager in den Dünen hinter dem Wäldchen.«
Einen Moment schwankte Karoline. Dann siegte der Ärger. »Piratenlager! Dass ich nicht lache!«

»Komm doch mit, Karoline. Bitte«, sagte Leo.
»Ich gehe zu Annecke«, sagte Karoline.
»Zu der Blöden?«
»Annecke ist überhaupt nicht blöd«, sagte Karoline. »Geh doch hin zu deinen Freunden! Geh doch! Macht mir überhaupt nichts. Ich gehe zu Annecke und basta!«
»Aber Leo kommt mit mir«, sagte Leo.
Karoline sah ihn von oben bis unten an, als wäre er vom Mars gefallen, und sagte empört: »Du spinnst wohl, was?«
»Soll Leo doch entscheiden«, sagte Leo. »Wir rufen ihn beide. Und mit wem er geht, der hat gewonnen.«
»Du denkst wohl, Leo geht mit dir, was?«
Leo zog die Schultern hoch. »Vielleicht«, sagte er und grinste, was Karolines Wut noch steigerte.
Sie standen auf dem Alten Deich an der Stelle, wo der schmale Pfad durch das Gras zum Hansen-Hof abging.
»Na los«, sagte Karoline. »Eins, zwei, ...«
»Leo, komm!«, riefen sie gleichzeitig.
Leo, der Hund, sah von einem zum anderen, dann ging er zu Karoline.
»Siehste!«, sagte sie erleichtert und rannte den Pfad hinunter. Leo, der Hund, folgte ihr zögernd.

Auch Leo, der Junge, kam hinter ihnen her. Na bitte, dachte Karoline.
Aber kaum waren sie den Weg halb hinunter, da entdeckte Leo, der Hund, Bertram, den Ziegenbock, der mitten auf dem Hansen-Hof stand und auf sie wartete.
Beide Leos blieben stehen.
»Leo, komm!«, rief der Junge und klopfte mit der Hand auf seinen Oberschenkel.
Leo, der Hund, sah zum Hansen-Hof hinunter, dann kurz – wie entschuldigend – zu Karoline, dann setzte er sich in Bewegung und lief dem Jungen nach, der den Pfad am Deich wieder hinaufging.
»Brav, Leo, komm, Leo!«, lockte der Junge.
Mit offenem Mund starrte Karoline hinter ihnen her. Vor Schreck verschlug es ihr für einen Moment die Sprache. Erst als Hund und Junge oben auf dem Alten Deich hinter den Bäumen verschwanden, rief sie: »Halt! Leo! Komm, Leo! Komm sofort zurück! Das ist gemein … Na warte!«
Ein paar Schritte lief sie hinter ihnen her, dann blieb sie stehen. Tränen schossen ihr in die Augen. Das war noch nie passiert. Leo lief mit einem anderen statt bei ihr zu bleiben. Der verdammte, der blöde, blöde Ziegenbock!

Nein, nachlaufen würde sie ihnen nicht. Das nicht auch noch. Tief in ihrer Brust tat etwas sehr weh. Sie schluchzte. Leo und Leo! Und ich habe den auch noch eingeladen, ging es ihr durch den Kopf. Schöne Ferien waren das!
Die Lust auf den Hansen-Hof war ihr vergangen. Aber da unten stand Annecke und hatte alles gesehen. Irgendwas musste sie ihr doch jetzt sagen. Und außerdem: Wenn er mit den Professoren-Kindern spielte, dann spielte sie dreimal mit Annecke!
Langsam ging sie den Hang hinunter. Immer wieder sah sie sich um. Aber kein Leo kam. Der Hund nicht und nicht der Junge. So also war das, wenn man verlassen wurde. Ein beißendes Gefühl. Karoline wischte sich mit dem Handrücken die Tränen aus den Augen.
Als sie mit unsicheren Schritten lustlos auf den Hansen-Hof schlurfte, wurde ihr klar, dass sie zu allem Überfluss auch noch die Rollleine in der Hand hielt. Wer weiß, dachte sie, wohin er mit Leo geht. Wer weiß, was ohne Leine alles passieren kann. Andererseits konnte Leo ohne Leine auch jederzeit zurückkommen zu ihr. Nur hierher, auf den Hansen-Hof, würde er bestimmt nicht kommen.
Der kleine Dirk kam aus dem Haus gelaufen und

versteckte sich wieder hinter den Hosenbeinen seiner Schwester.
»Wo hast du denn deinen Hund?«, fragte Annecke als Erstes.
Karoline schluckte. Dann zog sie die Schultern hoch und sagte so beiläufig wie möglich: »Die wollen woandershin.«
Annecke sah ihr in die Augen, und seltsam, Karoline spürte, das dicke Mädchen hatte sie auch ohne Worte verstanden.
»Brüder sind nervig«, sagte Annecke.
Karoline nickte und versuchte, ein bisschen zu lächeln.
Ohne zu fragen führte Annecke Karoline in den Stall. Zwei Schweine gab es da zu bewundern und Tilla, die Ziege, die Frau von Bertram. Überall lag Heu und Stroh herum und in einer Ecke stand eine Kiste mit Meerschweinchen. Dirk kam sogar hinter seiner Schwester hervor, um Karoline die Tiere zu zeigen. »Paul, Olga, Otto, Wilcke, Jenny, Johann.« Mit jedem Namen streckte er einen weiteren Finger hoch. »Sechs Stück.«
Der größte Teil des Stalls war für die Schafe reserviert, aber die waren jetzt draußen auf den Weiden hinter dem Alten Deich.
Karoline war nicht bei der Sache. Jeden Augen-

blick kann Leo wiederkommen, dachte sie. Er wird oben am Alten Deich auf mich warten und ich bin nicht da.
»Mein Papa ist arbeitslos«, sagte Annecke auf einmal, als sie vor den Kaninchenställen standen.
Karoline überlegte, was sie darauf sagen könnte, da sagte Annecke: »Morgen werden drei Böcke verkauft. Zur Zucht. Letztes Jahr haben wir einen Preisbock gehabt.«
So war Annecke. Sie sagte etwas, erwartete aber gar nicht, dass man darauf antwortete. So war sie schon vor zwei Jahren gewesen, erinnerte sich Karoline. Richtig reden konnte man nicht mit ihr. Aber ganz bestimmt hatte sie es gern, dass man ihr zuhörte. Karoline brachte es nicht fertig, schnell wieder wegzugehen.
Nachdem sie den Stall, die Weiden und den Garten besichtigt hatten, führte Annecke Karoline auch noch ins Haus. Drinnen roch es nicht viel anders als draußen, überall lagen Sachen herum, alle Türen standen offen. In der dunklen Küche saß Frau Hansen, eine dicke Frau mit fettigen Haaren, in einem blauweißen Trainingsanzug am Tisch und löste Kreuzworträtsel. Sie sah die Kinder über die Brille hin an, sagte aber nichts.
»Dürfen wir ein Eis?«, fragte Annecke.

»Aber jeder nur eins«, sagte Frau Hansen. Und dann zu Karoline: »Bist du ein Ferienkind?«
Karoline nickte. »Ja«, sagte sie. »Karoline Jansen. Wir waren vor zwei Jahren schon mal da. Gegenüber. Hinter dem Deich. In Nummer 24.«
»So, so«, sagte die Frau. »Jansen – Hansen ... Das ist aber komisch.«
Dann beugte sie sich wieder über ihr Heft, als hätte sie die Lösung für ein Kreuzworträtselwort gefunden.

Annecke nahm drei Eis aus dem Kühlschrank, gab Dirk eins und Karoline eins, dann gingen sie wieder auf den Hof.
»Wiedersehen«, sagte Karoline im Rausgehen, aber Frau Hansen antwortete nicht.
Sie setzten sich auf einen Holzstoß neben der Hundehütte und lutschten schweigend ihr Eis.
Karoline sah zum Alten Deich hinauf. Keine Spur von den Leos. Ihre Unruhe wuchs. Irgendwas hier auf dem Hansen-Hof war bedrückend. Trotz der vielen Tiere. Alles wirkte so, als kümmere sich keiner richtig darum. Als sei es allen egal, wie es hier aussah.
»Ist dein Papa nicht zu Hause?«, fragte Karoline.
»Nur nachts«, sagte Annecke. »Manchmal.«
Arno, der alte Hund, lag vor seiner Hütte, den Kopf auf den Pfoten, und sah aus wässrigen Augen zu ihnen hoch.
»Kann er echt nichts mehr hören?«, fragte Karoline.
»Kein bisschen«, sagte Annecke.
Karoline presste die Augen zusammen. Schon wieder spürte sie die Tränen aufsteigen. Das war alles so traurig. Und wer weiß, was jetzt, in diesem Augenblick, mit Leo passierte.
Sie riss die Augen auf, rutschte vom Holzstoß und

sagte: »Ich muss jetzt los. Unbedingt. Bestimmt kommt Leo gleich zurück und …«
»Kommst du mal wieder?«, fragte Annecke.
Karoline nickte. »Ja. Ja klar«, sagte sie. Im Vorbeilaufen bückte sie sich, strich Arno über den Kopf, drehte sich noch einmal um und rief: »Und danke! Für das Eis und so!« Dann rannte sie vom Hof, den Deich hinauf.
Sie fühlte ihr Herz pochen. Aber als sie oben auf dem Alten Deich stand, sah sie es: kein Leo, nicht einer. Sosehr sie es auch gewünscht hatte. Sie sah nach links, sie sah nach rechts. Nichts. Der Alte Deich war menschen- und hundeleer.
Sollte sie ihnen nachlaufen? Zu den Dünen hinter dem Wäldchen? Nein, das fehlte noch! Aber wenn Leo etwas passiert war?
Vielleicht waren Mama und Papa zurück. Sie waren zum Einkaufen in die Stadt gefahren und wollten danach noch irgendwo einen Kaffee trinken. Karoline würde jetzt gern mit ihnen reden. Über Leo. Und über Leo. Über alles irgendwie.
Sie lief zum Ferienhaus hinüber. Aber auf dem Schotterweg sah sie schon: Der rote Kombi war noch nicht da.
Sie setzte sich auf die Treppenstufen vor dem Hauseingang und wartete.

Zweimal kamen Leute aus dem Haus, liefen achtlos an ihr vorbei, stiegen in ein Auto und fuhren davon.
Dann kam ein schwarzer Sportwagen langsam den Schotterweg herunter und parkte an der Stelle, an der ihr Kombi gestanden hatte.
Karoline sah nach dem Nummernschild. GÖ. *Gern öde.* Ach du Schande, das war ja genau das Auto, vor dem die drei fremden Kinder gestanden hatten. Die drei Professoren-Kinder. Leos neue Freunde.
Die Autotüren gingen auf. Auf der Fahrerseite stieg ein etwa fünfzigjähriger Mann aus, groß, füllig, rundes Gesicht, Stoppelhaare, schwarze Brille, buntes Hemd, helle Hose.
Das also war der Professor. Karoline hatte noch nie einen Professor gesehen. Irgendwie hatte sie gedacht, Professoren sitzen immer nur hinter Büchern oder Mikroskopen und sehen ernst und bedeutend aus. Der hier sah aus wie Herr Neumann von der Sparkasse, nur nicht so vornehm.
Auf der Beifahrerseite stieg eine junge Frau aus, blondes, hochgestecktes Haar, in dem, Gläser nach oben, eine Sonnenbrille steckte. Sie war viel jünger als der Professor, braun gebrannt, rote Lippen, rote Fingernägel.

Sie kamen Händchen haltend über den Parkplatz, redeten und lachten immerzu.
Nein, dachte Karoline, öde sind die bestimmt nicht.
Karoline grüßte, als sie vorbeigingen. Ein atemberaubender Parfümschwall wehte ihr in die Nase.
Der Professor hielt die Tür auf, die junge Frau ging hinein. Die Tür in der Hand, drehte sich der Professor plötzlich um, sah zu Karoline hinunter und sagte: »So alleine, schöne Kleine?«
Dann lachte er dröhnend.
Karoline stand auf und spürte, wie ihr die Röte ins

Gesicht schoss. Sie versuchte zu lächeln. Sollte das ein Witz sein? Machten Professoren solche Witze?
»Besuch uns mal«, sagte der Professor, ohne auf ihre Antwort zu warten. »Unten links. Jasmin und du, ihr werdet euch verstehen. Ganz bestimmt. Und …«
»Doktor, nun komm endlich!«, rief die junge Frau aus dem Flur.
Der Professor zog die Schultern hoch, lachte nicht ganz so laut wie vorher und sagte: »Na, ich muss. Die Regierung ruft. Aber komm uns besuchen. Jasmin hat schon von dir erzählt. Von dir und deinem Hund.«
Dann schlüpfte er in den Flur, die Tür fiel ins Schloss und Karoline sah mit offenem Mund auf die graue Milchglasscheibe und den weghuschenden Schatten dahinter.
Sie schüttelte den Kopf und ärgerte sich, dass sie aufgestanden war.

6. Kapitel

Ein ziemlich guter Nachmittag

»Bei Fuß!«, sagte der Leo-Junge und lief los.
Leo trabte neben ihm her über den Alten Deich. Die Bäume links und rechts steckten über ihnen die Köpfe zusammen und rauschten. Zwei, drei Schaukelpferdsprünge und Leo war voraus.
»Bei Fuß, hab ich gesagt!« Der Leo-Junge war streng. Aber man wusste, woran man war.
Leo achtete nun darauf, nicht zu schnell und nicht zu langsam zu laufen und immer neben den auf den Asphalt klatschenden Füßen zu bleiben.
Sie verließen die Baumallee und bogen in einen schmalen Schotterweg ein.
»Steh!«, rief der Leo-Junge plötzlich und blieb stehen.
Auch Leo bremste ab. Er jaulte kurz auf, es brannte und pikste unter den Pfoten. Aber er stand fast genau neben dem Jungen.
»Sitz!«
Leo setzte sich.

»Und lieg!«
Leo legte sich. Viele kleine spitze Steine zwackten seine empfindliche Bauchpartie.
»Brav, Leo, brav!« Der Junge strich ihm über das Fell und kramte ein Leckerli aus der Hosentasche. He, der hatte sogar Leckerlis!
Leo sah über die Schulter zurück. Seltsam, dass Karoline nicht kam. Seltsam, dass sie unbedingt zu dem gehörnten Ungeheuer gehen wollte.
Der Junge steckte die Hände in die Taschen, ging ein paarmal auf und ab und sah immer wieder zum Alten Deich zurück.
»Dann eben nicht!«, sagte er nach einiger Zeit. Und: »Komm, Leo, wir gehen!«
Leo sprang auf und lief neben dem Jungen her. Allmählich wurde der Weg weicher, grasiger, moosiger und Leo nutzte die Gelegenheit, schnell ein paar Gras- oder Schilfhalme vom Wegrand zu rupfen.
»Pfui, Leo«, sagte der Junge. »Du bist doch keine Kuh!«
Sie durchquerten ein kleines Wäldchen von dünnen, windschiefen Bäumen, und als sie an den Rand kamen, ging der Junge langsamer, fasste Leo am Halsband und drückte ihn hinter einem Strauch zum Sitzen nieder. »Psst, Leo«, flüsterte er. »Wir gucken erst mal.«

Heute regnete es nicht. Dicke Wolken schoben sich über den Himmel und ab und zu blitzte ein Sonnenstrahl herunter. Einer traf den Wasserspiegel eines kleinen Sees, der vor ihnen lag. Am gegenüberliegenden Ufer stand, hinter Sträuchern verborgen, ein kleines Holzhaus, von dem verschiedene Gerüche herüberwehten. Gerüche kamen auch von den Kühen und Schafen, die auf dem endlosen Grün hinter dem Wald grasten. Vom Holzhaus kamen Menschengerüche.
Plötzlich war ein lautes Lachen zu hören. Es klang ausgelassen, triumphierend, war aber unsichtbar. Leo schaute sich nach allen Seiten um. Nichts zu sehen. Aber das Lachen kam ganz aus der Nähe.

Auch Leo, der Junge, schien überrascht. »He, wo bist du?«, rief er und drehte den Kopf in alle Richtungen.
Von oben rieselte etwas auf sie herab. Kleine Stöckchen, Blätter, Rindensalat. Sie sahen hinauf. In der schwankenden Krone eines Baumes saß das Lachen – und gehörte zu dem fremden Jungen, der gestern aus dem Nebel am großen Wasser aufgetaucht war.
Leo bellte, umtanzte den Baumstamm und sprang an ihm hoch.
Vom Holzhaus her kamen das Mädchen und der Junge mit der Schlotterhose. Sie taten, als wären sie alte Freunde.
Das Mädchen strich ihm über den Rücken und kraulte ihn hinter den Ohren. Der Schlotterhosige hatte erst ein bisschen Angst. Seine klebrigen Finger tappten vorsichtig über Leos Nackenfell und zuckten zurück. Beim zweiten Versuch blieb schon eine halbe Hand sekundenlang auf Leos Rücken liegen.
Das Mädchen und die Schlotterhose bemühten sich nun um die Wette, mit Leo zu spielen.
»Leo, hol!« Das Mädchen warf einen Stock in die weite grüne Wiesenlandschaft und Leo raste los. Zwar zerbiss er die Hälfte des dünnen Stöckchens,

doch die andere Hälfte ließ er unter reichlich Lob vor den Füßen des Mädchens fallen.
Der lange Junge aus dem Baum redete mit dem Leo-Jungen. Die beiden saßen etwas abseits am Waldrand und beteiligten sich nicht am Spielen.
»Brav, Leo! Kluger Hund!« Das Mädchen war in Ordnung. Geruch fast wie Paula, lange Haare wie Judith – das waren Karolines beste Freundinnen zu Hause.
Jetzt bückte sich der Schlotterhosenjunge nach dem Stock, nahm Anlauf und warf. Er hatte viel Schwung in die letzte Drehung gelegt, zu viel. Der Stock flog nicht ins Gras, sondern drehte ab und landete – platsch – im glitzernden Wasser des kleinen Sees.
»Nein, Leo, nicht, Leo! Bleib!«, rief das Mädchen.
Aber Leo war längst unterwegs. Sie sollten ihn kennen lernen! Er war doch kein Feigling. Wasser, das so ruhig aussah, nur ein bisschen die Oberfläche kräuselte, das konnte ihn nicht schrecken. Er rannte darauf zu.
Platsch! Mit einem langen Hechter glitt Leos Körper ins Wasser. Es spritzte nach allen Seiten. Seine Beine fanden keinen Halt. Er schwamm auf den Stock zu, der fast in der Mitte des kleinen Sees trieb, packte ihn mit den Zähnen und wendete.

Es machte ihm Freude zu schwimmen. Das Wasser war kühl und sauber. Ganz anders als im Ententümpel. Und am Ufer stand kein Ungeheuer.
»Du kannst ja schwimmen, Leo!«
»Toll, Leo, echt stark!«
»Habt ihr das gesehen?«
Leo lieferte den Stock bei der Schlotterhose ab, schüttelte sich ausführlich und ließ sich schwanzwedelnd bewundern.
»Die Ratte!«, rief der lange Junge vom Waldrand her.
»Leo ist der beste Schwimmer der Welt!«, rief die Schlotterhose.
Natürlich verstand Leo kein Wort, aber dass sie ihn bewunderten und lobten, das verstand er sehr wohl. Und wer hat es nicht gern, bewundert und gelobt zu werden?
Für Leo wurde es ein ziemlich guter Nachmittag. Ein Austobe-, Spiel- und Lobtag. Und dazu gab es ein paar interessante Dinge zu erschnüffeln.
Im kleinen Holzhaus zum Beispiel. Unten roch es stark nach den drei Kindern, oben, unter dem zum Teil eingefallenen Dach aber, da war Leo ganz sicher, wohnten Vögel, Mäuse und anderes Kleingetier.
Nach kurzer Hausbesichtigung strolchten sie eine

Zeit lang über die Wiesen und kamen schließlich in eine für Leo ganz neue Gegend mit kleinen Sandbergen. Oben auf den Hügeln wehten Grasbüschel im Wind. Überhaupt, der Wind. Er pustete angenehm ins Fell und nach dem Bad im See war Leo schon bald wieder trocken.
Der Sand reizte Leo zu buddeln. Einmal förderte er einen alten Schuh zutage und schleppte ihn wie eine Jagdtrophäe mit. Schließlich schenkte er ihn dem Mädchen, das sich mit Klopfen und Streicheln und vielen toll klingenden Wörtern bedankte.
Im Laufe des Nachmittags lernte er ihre Namen. Der Lange hieß Tammo, das Mädchen Jasmin und die Schlotterhose Clemens.
Zuletzt gingen sie ein Stück am großen Wasser entlang, aber das große Wasser hatte sich weit zurückgezogen. Die angriffslustigen, kreischenden Vögel wagten sich nicht in ihre Nähe. Immerhin waren sie zu fünft, vier Menschen, ein Hund.
Für Leo war es also wirklich ein ziemlich guter Nachmittag. Deshalb verstand er überhaupt nicht, dass Karoline ihn wegschob, als er zur Begrüßung wie immer freudig an ihr hochsprang.

7. Kapitel

Gespräche im Dunkeln, Gespräche im Hellen

»Komm, Karoline, sei doch nicht so.«
Seine Stimme kam aus dem Dunkeln im Stockbett unter ihr und ging ihr auf die Nerven. Worauf hatte sie sich nur eingelassen? Da lag ein fremder Junge in ihrem Zimmer, war in ihre Familie eingedrungen, nahm ihr den Hund weg und tat auch noch so, als wäre das alles selbstverständlich.
Eine halbe Stunde lang hatte sie jetzt auf seine Versuche, mit ihr zu reden, einfach nicht geantwortet. Eine halbe Stunde lang hatte er ihr Vorträge darüber gehalten, dass sie die Professoren-Kinder doch gar nicht kannte, dass die ganz anders wären und so toll zu Leo, dem Hund, und überhaupt könnte es doch so interessant sein, mit denen zu spielen, wo sie schon in einem Haus wohnten und so weiter und so weiter.
»Es hat eben nicht jeder so 'n Glück mit seinen Eltern wie du«, sagte Leo, der Junge.
»Was hat denn das damit zu tun?« Karoline, den

Kopf auf den verschränkten Armen, verzog das Gesicht. Jetzt hatte sie doch etwas gesagt, obwohl sie sich vorgenommen hatte, die ganze Nacht, vielleicht die ganzen Ferien über zu schweigen.
»'ne ganze Menge«, sagte Leo, hörbar erleichtert darüber, dass sie endlich was gesagt hatte. »Ihre Eltern sind geschieden. Wie meine. Die Blonde ist nur die Freundin von ihrem Vater.«
»Na und?«
»Du weißt nicht, wie das ist, wenn zu Hause auf einmal alles durcheinander geht.«
Karoline hatte oft versucht, sich vorzustellen, wie das wäre, wenn ihre Eltern sich scheiden ließen. Manchmal stritten sie sich ja. Es kam vor, dass sie einen halben Tag nicht miteinander redeten. Aber dann vertrugen sie sich immer wieder. So richtig ernsthaft gestritten – das hatte Karoline noch nie erlebt und irgendwie wusste sie, dass ihre Eltern sich mochten. Nein, sie konnte nicht mitreden.
»Das ist noch längst kein Grund, dass sie Leo ›Ratte‹ nennen«, sagte sie.
»War doch nicht so gemeint«, sagte Leo.
»Aber gesagt.« Karoline wollte nicht, dass er die Professoren-Kinder verteidigte. Sie wollte nicht, dass er wieder davon anfing, sie könnten doch so toll was zusammen machen.

»Tammo ist …«, sagte Leo.
»Hör auf!«, sagte Karoline mit Nachdruck.
Leo schwieg eine Weile, und als sie dachte, er hätte es nun endlich aufgegeben, war da wieder seine Stimme: »Jasmin sagt …«
»Will ich nicht wissen!«, rief Karoline so laut, dass es wahrscheinlich in der ganzen Wohnung, vielleicht im ganzen Haus zu hören war. Und noch hinterher: »Hör jetzt endlich auf!«

Danach war das Schweigen schwerer und finsterer als vorher. Leo, der Hund, knurrte in seiner Ecke. Karoline spürte, wie ihr die Tränen kamen. Und dazu kam ein blöder Gedanke, den sie nicht vertreiben konnte. So ist das also, dachte sie, wenn man sich streitet. So schneidend vom Bauch bis in die Kehle fühlt sich das an. Und wenn er nun doch Recht hatte? Wenn die Professoren-Kinder vielleicht doch gar nicht … Das Mädchen hatte ihrem Vater von ihr, von Karoline, erzählt … Aber deshalb konnte Karoline doch nicht … Ratte … Ratte … Ratte …

Lange starrte sie auf die huschenden Schatten am Fenster und an der Decke, lauschte auf den Wind draußen und auf das ferne Rauschen des Meeres. Und irgendwann wartete sie darauf, ob er vielleicht … Aber Leo, der Junge, sagte nun nichts mehr und dann schlief Karoline ein.

Am nächsten Morgen war schönes Wetter und Mama und Papa, in bester Urlaubslaune, hatten beschlossen, auf dem Balkon zu frühstücken. Karoline trödelte im Bad, weil sie so wenig wie möglich mit Leo, dem Jungen, zusammen sein wollte.

Papa klopfte an die Badtür. »Leo und ich fahren Brötchen holen, Karo. Kommst du mit?«

Karoline drehte den Wasserhahn auf, tat, als sei

sie noch beim Waschen. »Nein!«, rief sie zur Tür hin.

Schritte entfernten sich über den langen Gang, Leo, der Hund, bellte.

Karoline stürzte zur Badtür, riss sie auf und streckte den Kopf heraus. »Aber Leo bleibt hier!«, rief sie.

Papa, schon an der Wohnungstür, drehte sich um und fragte verwundert: »Wieso denn das? Leo freut sich doch, wenn er mitdarf.«

»Das … das ist nicht gut, so viel Auto fahren«, stotterte Karoline. »Und … ich muss ihn noch bürsten. Er … er ist ganz klebrig im Fell und …«

Leo, der Junge, beugte sich hinunter und gab Leo, dem Hund, einen Klaps auf den Rücken. »Geh, Leo. Geh zu Karoline.«

Tatsächlich kam der Hund, ein bisschen langsam zwar und wahrscheinlich enttäuscht, aber er kam.

Papa schüttelte den Kopf, legte Leo, dem Jungen, die Hand auf die Schulter, schob ihn zur Wohnungstür hinaus. Weg waren sie.

Leo stupste Karoline ans Bein. Jetzt müssen wir aber wenigstens spielen, hieß das.

Sie warf seinen Quietschball, Leo jagte hinterher, schnappte und schüttelte ihn, als sei er ein ausgewachsenes Kaninchen, und rannte in Bocksprüngen und unter lautem Gequietsche den langen Gang hinauf und hinunter.

»Dreh das Wasser ab, Karoline!«, rief Mama, die mit dem voll beladenen, klirrenden Tablett von der Küche auf den Balkon ging.

Ach ja, das hatte sie ganz vergessen. Sie lief ins Bad, drehte den Hahn zu und tippte sich mit der flachen Hand vor die Stirn.

Auf dem Balkon half Karoline Mama beim Tischdecken. Der Wind raschelte in der großen Weide vor dem Haus, die hellen Unterseiten der Blätter flirrten in der Sonne.

Dann saßen sie sich am Frühstückstisch gegenüber und lächelnd sah Mama ihr in die Augen.

»Nun sag schon, Karo, weswegen habt ihr euch gestritten?«

Gestern hatte sie sich so sehr gewünscht, mit Mama oder Papa zu reden. Jetzt wusste sie auf einmal nicht, wie sie anfangen sollte. Wenn er wenigstens unausstehlich und blöd wäre! Wenn sie ganz sicher wäre, dass die Professoren-Kinder nichts als gemein sind. Aber er hatte Leo zu ihr geschickt. Und die Professoren-Kinder? Was wusste sie denn von denen? Vielleicht hatte er ja auch ein bisschen Recht. Wie sollte sie Mama das alles erklären? Es war Morgen, ein schöner Ferienmorgen eigentlich,

und alles war irgendwie anders als nachts im Dunkeln.
»Also ...«, wollte Karoline gerade anfangen, da hörten sie eine Stimme auf dem Balkon unter sich.
»Hat Teuteberg angerufen?«, fragte der Professor so laut, dass es auch hier oben nicht zu überhören war. »Hat Stankovski die Zahlen durchgegeben?«
»Ach, Doktorchen«, sagte eine lachende Frauenstimme. »Du bist im Urlaub!«
Mama und Karoline sahen sich an. Es gehörte sich nicht, den Privatgesprächen anderer Leute zuzuhören. Aber was sollten sie machen? Weggehen? Sich die Ohren zuhalten? Schließlich hatten sie genauso ein Recht auf dem Balkon zu sitzen wie der Professor. Also blieben sie sitzen und hörten zu.
»Das ist wichtig, Gitti«, sagte der Professor.
»Ach, was ist schon wichtig?«, lachte die Frau.
Geschirr klapperte und von weiter weg rief der Professor: »Wo sind eigentlich die Kinder?«
»Ausgeflogen!«, antwortete die Frau mit genau der gleichen Stimme wie vorher. »Sie wollen nicht mit ihrer bösen Stiefmutter frühstücken!«
»Gitti!«, rief der Professor. Seine Stimme klang wie die eines Lehrers, der mit seiner Schülerin schimpft.

»Die mögen mich nicht, Doktorchen«, sagte die Frau. »Das lässt sich nun mal nicht ändern.«
Jetzt war der Professor offenbar wieder auf dem Balkon. »Hoffentlich machen sie nicht doch irgendeine Dummheit«, sagte er.
»Tammo ist dreizehn«, sagte die Frau. »Und so schrecklich vernünftig wie sein Vater. Glaub mir, sie genießen das. Wind und Wellen. Und mal keiner, der immer hinter ihnen her ist. Freiheit und Abenteuer. Sie wollen doch gar nicht, dass sich Erwachsene da einmischen.«
»Wo sind sie denn hin?«, fragte der Professor. Er hatte irgendetwas im Mund.
»Glaubst du, sie würden mir das sagen?«, antwortete die Frau. »Ans Meer. In die Dünen. Einkaufen. Was weiß ich. Wenn sie Hunger haben, kommen sie schon wieder.«
Dann klingelte das Telefon und der Professor sprach nur noch in abgehackten Sätzen, in Fremdwörtern und Zahlen, und alles, was Karoline verstehen konnte, war, dass Stankovski ein verfluchter Hornochse sei.
Mama pustete die Luft aus den Backen und schüttelte den Kopf. »Und das nennt der Urlaub!«, flüsterte sie Karoline zu.
»Der ist Professor«, flüsterte Karoline zurück.

»Na und?«, flüsterte Mama. »Auch Professoren sind nur Menschen.«
»Habe ich mir immer ganz anders vorgestellt«, flüsterte Karoline.
Jetzt war das Telefongespräch zu Ende, aber der Professor schimpfte weiter auf Stankovski und klagte, dass er seine Leute keine fünf Minuten allein lassen könne.
»Armes Doktorchen!«, sagte die Frau.
»Da soll man sich keine Sorgen machen!«, sagte der Professor.
Plötzlich wurde es Mama zu bunt. Sie formte die Hände zum Trichter und rief, dass Karoline beinahe erschrak, über die Balkonbrüstung hinweg: »Vielleicht sollten wir auch mal so laut reden?«
Sofort brach das Gespräch unter ihnen ab.
Mama machte mit den Händen Zeichen, dass Karoline auch etwas Lautes sagen sollte.
Wie meistens, wenn es darauf ankam, fiel Karoline nichts Besonderes ein. Sie rief: »Ja, das finde ich auch!«
Mama nickte und sagte laut: »Es fehlt uns allerdings ein Herr Stankovski, auf den wir schimpfen können!«
Schallendes Gelächter kam von unten. »Bravo!«, rief die Frau. »Sehr richtig!«

»Ach herrje«, sagte Mama, nun wieder nicht so laut. »Beifall von der falschen Seite!«
Unten wurde eine Tür geschlossen und die Stimmen waren nicht mehr zu verstehen.
Dann kamen Papa und Leo mit den Brötchen.
»Das Wetter kann nicht schöner werden«, sagte Papa. »Heute gehen wir baden.«
»An den Hundestrand«, sagte Karoline.
Nach dem Frühstück packten sie also die Badesachen und jeder war beschäftigt. Es fiel nicht besonders auf, dass Karoline und Leo, der Junge, noch immer nicht miteinander sprachen, und selbst Mama schien nicht mehr wissen zu wollen, warum.

8. Kapitel

Am Hundestrand

Der Hund war so groß wie das Ungeheuer vom Bauernhof. Es war der größte Hund, den Leo je gesehen hatte. Er saß im Sand dicht neben seinem Herrchen, reckte den Hals und seine Blicke schienen überall zu sein. Sein Herrchen saß mit übergeschlagenen Beinen in einem Klappstuhl und kämpfte mit einem knisternden Papier, das ihm der Wind nicht in den Händen lassen wollte.
Auch die anderen Hunde am Hundestrand sahen mit einem Auge immer wieder zu dem großen hin. Er war der heimliche Rudelführer, obwohl sie natürlich gar kein richtiges Rudel waren. Alle sahen sich hier zum ersten Mal und alle hatten ihre Herrchen und Frauchen mitgebracht.
Leos Menschen hatten ihre Decke dort ausgebreitet, wo der Weg aus den Sandhügeln kam. Karoline war immer noch sparsam mit Streicheln und Leckerlis und auch der Leo-Junge war zurückhaltend und schien nicht ganz bei der Sache. Also hielt

Leo sich mehr an Papa und Mama, die so waren wie immer. Seine Menschen pellten sich aus den Kleidern und hatten auf einmal nur noch wenig an. Leo schnupperte. Unter ihren Hemden und Hosen waren sie bleich und blank. Und rochen noch schärfer nach Mensch. Karoline beugte sich zu ihm herunter, gab ihm einen Klaps auf die Schulter, rief: »Komm, Leo!«, und rannte los.

Folgsam lief er neben ihr her über den Sand. Als sie an dem großen Hund vorbeikamen, wechselte Leo die Seite, sodass Karoline zwischen ihm und dem Großen war. Der Riese beobachtete ihn genau, das spürte Leo, aber der andere rührte sich nicht vom Fleck, verfolgte ihn nur mit den Augen.

Karoline rannte auf die brüllende Wasserwand zu, durchquerte die weiß schäumende Mauer, ging in die Knie und tauchte mit einem wilden Schrei bis zum Hals im Wasser unter. Dann sprang sie hoch, Wasser spritzte nach allen Seiten, sie rief nach ihm und winkte.

Leo zögerte. Gern wäre er bei Karoline im Wasser gewesen, aber die heranstürzende Welle reichte ihm bis über die Augen, fiel mit bedrohlichem Getöse vor ihm zusammen und hinter ihr folgte schon die nächste Welle, genauso hoch, genauso bedrohlich.

Leo bellte, setzte zum Sprung an und wich wieder zurück. Er wagte nicht, es mit dem weißen Wasserberg aufzunehmen, und soviel er auch bellte, das Meer schickte immer neue Wellen.
Papa und der Leo-Junge kamen, klopften ihm auf die Schulter und wollten ihm Mut machen. Aber Leo blieb, wo er war, auch als die beiden – als wäre das gar nichts – in das brüllende Wasser staksten, sich umdrehten und nach ihm riefen.
Aufgeregt lief Leo vor der Brandung hin und her. Und auf einmal spürte er, wie ein Schatten über ihn fiel. Als er sich umdrehte, stand der Riesenhund vor ihm und streckte seinen Kopf zum Schnuppern aus.
Instinktiv sprang Leo einen Schritt zur Seite. Aber der Große kam neugierig näher.
Da schnupperte auch Leo. Ein Rüde. Aber kein rauflustiger. Er hatte glattes, seidig braunes Fell, Schlappohren, ein breites Gesicht, gutmütige, ruhige Augen, die sagten: He, Kumpel, lass dich nicht verrückt machen. Wasserpanschen ist Menschenkram. Komm her, wir gucken mal nach Hundedamen.
Einverstanden, signalisierte Leo zurück und lief ein paar Schritte neben dem durchtrainierten Athleten her.

Plötzlich ertönte ein schriller Pfiff aus einer Hundepfeife. Der seidig glänzende Körper zuckte zusammen und der Riesenhund rannte, ohne nach links und rechts zu sehen, zu seinem Herrchen zurück. Der zeigte nur kurz neben sich, der Große setzte sich brav und der Mann versteckte sein Gesicht wieder hinter dem flatternden Papier.
Leo war mitgerannt. Nun blieb er vor dem Riesen stehen und sah ihn fragend an. Der Große rührte sich nicht, nur seine Augen sprachen. Tut mir Leid, Kumpel, sagten seine Augen, aber du siehst ja selber.
Leo fiepte vor Enttäuschung, da senkte der Mann das knisternde Papier, sah ihn und wedelte ungeduldig mit der Hand.
Leo wagte noch einen letzten Blick – der Riese saß unbeweglich wie ein Porzellanhund – da trottete Leo davon.
Also machte er sich allein auf Hundedamensuche. Die erste Dame, die er fand, war eine kläffende Kleinterrierin, die jeden, ob Hund, ob Mensch, angiftete, der in die Nähe des Sandlochs kam, in dem ihr kugeliges Frauchen auf einer Liege ausgestreckt lag und schlief.
Ein paar Schritte weiter traf Leo eine verschreckte Münsterländerin, die sich sofort auf den Rücken

warf, als Leo in ihre Nähe kam. Obwohl ihr Herrchen, ein freundlich aussehender Mann mit Strohhut auf dem Kopf, Leo ein Leckerli hinwarf, ging er nach kurzem Schnuppern weiter.
Er traf noch ein paar freche Dackel, eine hochnäsige Schäferhündin und einen fetten Mops, der sich halb eingegraben hatte. Keinen zum Spielen, keinen zum Rumstrolchen.
Also steuerte Leo wieder die Decke an, auf der Mama auf dem Bauch lag, wie so oft ein Buch vor der Nase. Leo setzte sich neben sie in den Sand, reckte den Hals und ließ seine Blicke wachsam

umherschweifen wie der Riesenhund neben dem Papierknistermann.

»Brav, Leo, sehr brav!«, lobte Mama und strich ihm über den Rücken. Dann senkte sie den Kopf wieder über das aufgeschlagene Buch und sagte nichts mehr.

Karoline, der Leo-Junge und Papa waren weit weg hinter der brüllenden Wasserwand. Unmöglich, ihre Stimmen herauszuhören aus all dem Getöse, dem Rufen, Bellen und Rauschen. Und Gerüche wehten mit großer Geschwindigkeit an ihm vorbei: Menschen, Hunde, Wasserpflanzen, modriges

Holz, Salz, Vogeldreck, Quallen, Muscheln und Sonnenöl, viel Sonnenöl. Auch Mamas Rücken glänzte vom Öl. Fast alle Menschen hier hatten ihre Bleichteile damit beschmiert.
Leo sah nach allen Seiten, schnupperte nach allen Seiten, wie es sich für einen guten Wachhund gehört. Und plötzlich war da in all dem fremden Durcheinander ein bekannter Geruch. Ein bekannter Menschengeruch.
Er drehte den Kopf in die Richtung, aus der der Geruch kam, und da sah er sie. Hinter einem wehenden Graskamm auf dem nächsten Sandberg, gleich neben dem Weg, stand das Mädchen von gestern. Das Mädchen Jasmin. Die Stockwerferin. Jetzt hob sie die Hand und winkte ihm zu.
Natürlich stand er auf und ging los. Erst langsam, dann immer schneller. Mama rief ihn nicht zurück. Den steilen Sandberg kam er nicht hinauf. Seine Beine versanken in den rieselnden Körnern. Er wich zurück, schüttelte sich, dann nahm er den Umweg über den festgetrampelten Pfad, auf dem sie gekommen waren.
Das Mädchen kam ihm entgegen. Sie streichelte ihm über die Ohren und begrüßte ihn mit flüsternder Stimme. »Leo! Hey, Leo!«
Offenbar war sie allein. Keine Spur vom Langen

und von der Schlotterhose. Sie kniete sich vor ihm hin und drückte ihr Gesicht in sein Fell. Dann sprang sie auf und rannte weg.
Ein Spiel, ein neues Spiel, vermutete Leo und lief hinter ihr her. Das Mädchen sah sich nicht um. Sie rannte ein Stück den Hauptweg entlang, dann bog sie rechts ab auf einen schmalen Pfad in das Sandhügelgebirge. Sie lief immer weiter und Leo blieb ihr dicht auf den Fersen.
In einem Sandhügeltal mit dürrem Gras und ein paar Sträuchern ließ das Mädchen sich keuchend auf die Erde plumpsen. Leo sprang um sie herum und hechelte.
Sie schüttelte den Kopf, drückte Leo weg, aber dann zog sie ihn wieder am Nacken zu sich her und streichelte ihn heftig. Japsend und mit hastigen Wörtern erzählte sie ihm eine lange Geschichte, aus der Leo schloss, dass sie ganz gern mit ihm spielen würde.
Wieso also nicht? Ein paar Schritte weiter lag ein Stock. Leo schnappte ihn, trabte zurück, ließ ihn vor dem Mädchen fallen und wedelte erwartungsvoll mit dem Schwanz.
Wieder schüttelte sie den Kopf. Aber sie lächelte. Und dann nahm sie den Stock und warf ihn auf dem schmalen Pfad ein paar Meter weiter.

Leo rannte los, packte den Stock, schüttelte ihn, als hätte er ein Kaninchen erwischt, und kam in Zickzack-Bocksprüngen zurück.
Das Mädchen lachte. »Aus!«, sagte sie, aber Leo ließ den Stock nicht fallen.
Das Mädchen fasste den Stock, wackelte daran und eine Weile gab es ein heftiges Stockziehen, bis Leo schließlich doch losließ.
Diesmal warf sie den Stock in die Richtung, aus der sie gekommen waren. Leo rannte los, bellte freudig, und gerade als er den Stock aufnehmen wollte, sah er, wie in der Biegung des Trampelpfads Karoline auftauchte.
Leo ließ Stock Stock sein und rannte zu Karoline.
Sie blieb stehen, aber statt ihn freudig zu begrüßen, strich sie ihm nur mit den Fingerspitzen durchs Fell. Sie beachtete ihn nicht weiter, sondern starrte zu dem Mädchen hinüber und sagte keinen Ton.
Auch die andere war plötzlich ganz still.
Leo rannte zu Jasmin, von Jasmin zu Karoline, von Karoline zu Jasmin und wieder zurück, stupste beiden an die Beine, hey, hieß das, am besten, wir spielen alle zusammen.
Aber anstatt zu spielen, standen die Mädchen nur da und starrten einander an. Karoline war die

Erste, die etwas sagte. Aber ihre Stimme klang ganz anders als sonst. Nicht freundlich, nicht neugierig, nicht tröstend, nicht beruhigend. Karolines Stimme klang böse.

Das Mädchen antwortete genauso. Aber dann wurde ihre Stimme immer dünner, als würde der Wind sie verschlucken.

So ging es hin und her und Leo verstand nicht. Hier war viel Platz. Keine Autos und nichts. Hier konnten sie doch toben, alle drei.

Keinen Meter gingen die Mädchen aufeinander zu. Sie reckten nur die Hälse vor und redeten und redeten. Bis das andere Mädchen zu weinen anfing, sich umdrehte und weglief.

Leo lief hinter ihr her.

Aber da war Karolines Stimme, scharf und bestimmt, wie er sie noch nie gehört hatte. »Leo!«

Natürlich kehrte Leo um. Natürlich gehörte er zu Karoline.

Aber diese Sache hier, die kapierte er nicht.

9. Kapitel

Im Piratenlager

Als sie am Abend des nächsten Tages vom Ausflug zum großen Leuchtturm zurückkamen, stand ein Polizeiauto auf dem Parkplatz vor dem Haus. Und als sie unten im Flur gerade die Treppe hinaufgehen wollten, kamen Frau und Herr Wuttke aus der Ferienwohnung des Professors. Frau und Herr Wuttke wohnten auf ihrer Etage. Bisher hatten sie nicht viel mehr als »Guten Tag« zueinander gesagt. Jetzt aber waren die beiden alten Leute aufgeregt und voller Mitteilungsdrang. Mit hochroten Köpfen gingen sie neben Mama und Papa die Treppe hinauf und sagten immer abwechselnd laut flüsternd:

»Stellen Sie sich vor ...«

»Klauen wie die Raben ...«

»Wir haben es gesehen ...«

»Ganz wahllos aus den Regalen ... immer unter die Hemden geschoben ...«

»Im Supermarkt unten im Dorf ...«

»Und als man sie erwischt hat ...«
»... sagen sie einfach: ›Wir sind die Kinder von Professor Hartmann ...‹«
»Als wenn das selbstverständlich wäre ... Dass Professoren-Kinder klauen ...«
»Wir waren Zeugen ... Wir mussten den Polizisten alles erzählen, für das Protokoll ...«
»Stellen Sie sich das vor ...«
Mama und Papa schüttelten die Köpfe.
»Na so was«, sagte Papa.
»Seltsam«, sagte Mama. »Das ist aber seltsam.«
Karoline und der Leo-Junge sahen sich an.
»Puh«, sagte Leo und blies die Luft aus den Backen.
Im ersten Moment spürte Karoline ein triumphierendes Siehste-Gefühl. Siehste, hatte sie schon auf den Lippen, habe ich doch gleich gewusst, was das für welche sind. Doch sie hielt die Wörter zurück. Auf einmal sah sie das Mädchen wieder vor sich, wie es in den Dünen mit Leo gespielt hatte. Irgendetwas war in ihrem Blick gewesen, das Karoline bereuen ließ, so gemeine Wörter zu ihr gesagt zu haben. Eingebildete Ziege. Hundeklauerin. Heulboje. Und Leo, der Hund, hatte sie gemocht, das war nicht zu übersehen gewesen.
Die Wuttkes konnten sich gar nicht beruhigen. Sie

blieben noch eine Zeit lang vor der Tür stehen und erzählten alles noch einmal.
»Einfach so unter die Hemden geschoben …«, sagte Herr Wuttke.
»Und erklären auch noch ganz fröhlich: ›Wir sind die Kinder von Professor Hartmann …‹«, sagte Frau Wuttke.
Mama und Papa hatten vor, Moussaka zu kochen, das würde eine Zeit dauern, also hatten sie nichts dagegen, als der Leo-Junge vorschlug, dass er und Karoline noch mit dem Hund gehen könnten.

Karoline ahnte, dass außer dem Hundespaziergang noch etwas hinter diesem Vorschlag steckte. Sie hatte es nicht durchgehalten, den ganzen Tag nicht mit ihm zu reden.
Seit dem Streit in der Nacht hatte Leo nicht mehr von den Professoren-Kindern gesprochen und war auch nicht zu ihnen gegangen. Vorsichtig erst, dann immer normaler, hatten sie über alles Mögliche miteinander geredet, nur nicht über die anderen Kinder.
Unten auf dem Parkplatz machte Leo, der Hund, eine Schnupperrunde um das grünweiße Polizeiauto, dann sprang er vor ihnen her, zum Alten Deich hinauf.
»Ich glaube, ich weiß, wo sie das geklaute Zeug haben«, sagte Leo, der Junge.
»Im Piratenlager«, sagte Karoline.
Leo nickte. »Gucken wir mal nach?«
Karoline wusste nicht, ob sie das wollte. Sie zog die Schultern hoch. Einerseits war sie froh, mit Leo auch darüber wieder reden zu können, andererseits wollte sie von solchen Sachen wie Klauen am liebsten gar nichts wissen.
Sie gingen einfach immer weiter, vom Alten Deich über den Schotterweg, dann durch das kleine Wäldchen mit den windschiefen Bäumen. Leo, der

Hund, lief voraus, als wüsste er den Weg ganz genau.
»Hättest du gedacht, dass die so was machen?«, fragte Karoline schließlich doch.
»Irgendwas ist komisch daran«, sagte Leo.
»Und wenn wir das jetzt alles finden«, sagte Karoline, »diese geklauten Sachen, dann müssen wir das der Polizei sagen.«
»Vielleicht haben die Ratten schon alles aufgefressen«, sagte Leo.
Beim Gedanken an Ratten und Mäuse wurde Karoline ganz anders. Zum Glück war Leo, der Hund, bei ihnen. Aber ein Held war der auch nicht, wenn man an den Ziegenbock dachte.
Das kleine Holzhaus mit dem eingefallenen Dach stand friedlich hinter den Sträuchern am Ufer des kleinen Sees. Keine Spur von Menschen oder anderen Lebewesen. Nur der Wind strich über das hohe Schilf. Trotzdem schlichen sie von Strauch zu Strauch und je näher sie dem Holzhaus kamen, umso leiser wurden ihre Stimmen.
»Dürfen wir da einfach rein?«, flüsterte Karoline.
»Das Haus gehört denen doch nicht«, flüsterte Leo zurück. »Es hat mal den Vogelschutzleuten gehört. Steht aber schon lange leer.«
Leo, der Hund, hatte eine Spur in der Nase. Mit ge-

senktem Kopf und wedelndem Schwanz rannte er auf die offen stehende Tür des Holzhauses zu.
»Nicht, Leo! Bleib!«, flüsterte Karoline. Doch der Hund war schon im Haus verschwunden.
Karoline und Leo folgten ihm. Karoline spürte ihr Herz pochen. Alles, was sie denken konnte, war: Hoffentlich geht das gut.
Der Raum war dämmrig, aber so viel war gleich zu erkennen: Sie hatten sich eingerichtet, als würden sie hier wohnen.
Unter dem Fenster stand ein Tisch mit rot karierter Decke, auf dem Bücher und Hefte lagen, und aus einem Wasserglas reckte sich ein Strauß halb verwelkter Blumen. Drei Holzhocker standen um den Tisch, auf denen gemusterte Kissen lagen, wie sie auch auf der Eckbank in ihrer Ferienwohnung zu finden waren. Ein Bären- und ein Hundeposter hingen an der Wand und ein Motorradfahrer vor einem Sonnenuntergang. Zwei angefangene Limo-Flaschen standen auf dem Fußboden und quer gegen die Wand lehnten drei aufgeblasene Luftmatratzen. In der Mitte war der Holzfußboden eingebrochen. Rechts führte eine steile Leiter auf den Dachboden, links stand eine alte Kommode, eine Schublade halb offen.
Von den geklauten Sachen keine Spur.

Eine Weile blieben sie im Eingang stehen und sahen sich um. Dann gingen sie langsam in den Raum hinein.
»Vielleicht haben sie alles da raufgebracht«, flüsterte Leo.
Nach oben gehe ich nicht, dachte Karoline. Da sind Ratten und Mäuse.
Leo, der Hund, schnupperte im Raum herum, blieb dann vor der Kommode stehen und reckte den Kopf zu der halb aufgezogenen Schublade hinauf.
»Oder sie haben es unter dem Fußboden versteckt«, flüsterte Leo, der Junge, und ging vor dem Loch in die Hocke, um unter den Holzdielen nachzusehen.
Vorsichtig, als wäre es wichtig, keinen Krach zu machen, schlich Karoline zur Kommode hinüber und sah in die Schublade. Da lag etwas. Ein Stein aus dem Meer. Darunter ein Foto.
Sie nahm es heraus. Leise polternd rollte der Stein zur Seite. Es war ein Schwarz-Weiß-Foto, postkartengroß, und darauf war ein Gesicht. Erst dachte Karoline, es sei Jasmin, aber dann sah sie, es war eine Frau. Aber sie hatte ganz genau das gleiche Gesicht wie das Mädchen. Lange, schwarze Haare, große, ein bisschen traurige Augen.
Karoline spürte ein seltsames Gefühl vom Bauch

bis in die Brust. Als wären sie in eine fremde Wohnung eingebrochen und würden in fremden Briefen stöbern.
»Zeig mal.« Leo sah ihr über die Schulter. Gemeinsam starrten sie eine Weile auf das schöne Gesicht.
»Dreh mal um«, sagte Leo schließlich.
Auf der weißen Rückseite des Fotos stand in Erwachsenenschrift quer über die Seite:

Meinen lieben Kindern. Gruß aus München.

Plötzlich geschah alles auf einmal: Ein Schatten fiel auf das Foto, eine Stimme schrie: »Gib das her!«, jemand riss Karoline das Foto aus der Hand, rannte zur Tür hinaus, Leo, der Hund, bellte und rannte hinter der Gestalt her, und über ihnen fing im selben Moment jemand zu weinen an und rief: »Ich will nach Hause! Ich will nach Hause!« In einer Staubwolke kam der lange Tammo vom Dachboden gestiegen, blieb neben der Leiter stehen und grinste sie an.
»Hey«, sagte Leo, der Junge, ungläubig. »Ihr seid hier?«
»Schnüffler!«, sagte Tammo. Aber er grinste immer noch, als wäre er ganz froh, Leo zu sehen.
Draußen bellte Leo, der Hund. Karoline rannte

hinaus. Offenbar war Leo der weglaufenden Gestalt schon ein Stück weit gefolgt, dann aber wieder umgekehrt und tänzelte nun unschlüssig auf der Stelle. Schon ziemlich weit entfernt, da, wo die Weidelandschaft in die Dünen überging, sah man die Gestalt hinter den wehenden Graskämmen verschwinden.

Karoline streckte den Arm aus. »Los, Leo!«, rief sie. »Such Jasmin!«

Leo rannte los.

10. Kapitel

Leo und Jasmin

Na endlich! Karoline hatte ihn losgeschickt. Leo bellte, dann senkte er den Kopf und lief auf der Spur des Mädchens über das Stoppelgras. Zwei Möwen flogen auf, vollführten kreischend Flugkunststücke über seinem Kopf, doch Leo ließ sich nicht beirren. Auf einem festgetretenen Pfad rannte er in die Sandhügellandschaft hinein und schon bald sah er auch das Mädchen vor sich. Im Laufen drehte sie sich um, sah zu ihm herüber, wurde langsamer und blieb schließlich stehen.
Leo hob den Kopf, bellte, und gerade als er über einen breiten Querweg springen wollte, tauchte von rechts ein wild kläffender Schäferhund auf und schoss zähnefletschend auf ihn zu.
Leo wollte zu Karoline zurück, doch der Schäferhund versperrte ihm den Weg. Nein, gegen den wollte er nicht kämpfen. Eine böse Erinnerung tauchte auf. Leo jaulte auf und rannte, was er konnte, den breiten Querweg hinunter.

Der Schäferhund lief hinter ihm her. Kein Mensch rief ihn zurück. Auf einmal war die Sandhügellandschaft eine bedrohliche Falle, aus der es vielleicht kein Entrinnen gab. Der Raufbold hinter ihm bellte siegesgewiss und kam immer näher. Nach links oder rechts konnte Leo nicht ausweichen. Im tiefen Sand würde er stecken bleiben. Also gab es nur eine Fluchtrichtung: immer den Weg entlang, egal, was ihn erwartete.
Die Sandberge flogen an ihm vorbei, alles verwischte vor seinen Augen. Leo hatte längst die Orientierung verloren. War er hier nicht gerade gewesen? Er spürte ein Stechen in den Flanken, seine Erschöpfung wurde immer größer, aber er lief und lief und wagte nicht zurückzublicken. Die Angst trieb ihn an, weiter, immer weiter. Vielleicht würde er nie mehr aufhören zu laufen. Laufen war das Einzige, was half gegen die Angst.
»Leo! Hey, Leo!« Von einem Sandberg herunter stakste das Mädchen Jasmin. Sie hatte einen Stock in der Hand und wedelte damit in der Luft herum. »Bleib stehen, Leo!«
Er raste an ihr vorbei. Hinter ihm sprang sie auf den Weg. Da drehte Leo den Kopf. Kein Schäferhund weit und breit. Kein Bellen, kein Zähnefletschen. Nur das Mädchen.

Leo bremste ab und drehte um. Wild hechelnd trabte er auf sie zu.
Sie ließ sich vor ihm auf die Knie fallen, drückte seinen Kopf gegen ihre Schulter und strich ihm beruhigend über den Rücken.
»Gut, Leo, schon gut!«, flüsterte sie ihm ins Ohr. »Jetzt ist der böse Hund ja weg!«
Leo wedelte mit dem Schwanz. Allmählich kam er wieder zu Sinnen. Aber seltsam, je mehr er sich beruhigte, umso mehr spürte er, wie das Mädchen zitterte. Tatsächlich, sie weinte. Dicke Tränen rannen ihr die Wangen hinunter.
Jetzt stand sie auf, streckte den Arm aus und zeigte mit dem Stock in der Hand in die Richtung, aus der er gekommen war. »Los, Leo, geh! Geh zu deiner Karoline!«
Das konnte sie doch nicht wirklich meinen! Hinter der nächsten Kurve lauerte bestimmt der Schäferhund. Und Karoline hatte doch gesagt: »Such Jasmin!« Sie war doch Jasmin. »Geh, Leo!«, schluchzte das Mädchen. »Hau ab!«
Er umtänzelte sie, zupfte an ihrer Hose, stupste sie ans Bein. Komm mit, hieß das. Ohne dich gehe ich hier nicht weg.
»Lass das!«, sagte das Mädchen. »Ich darf nicht mit dir spielen!«

So leicht ließ er sich nicht abwimmeln. Da kannte sie ihn aber schlecht. Dem Schäferhund wollte er nicht noch mal allein begegnen und Karoline hatte ausdrücklich gesagt, dass er sie suchen sollte. Also wich er nicht von ihrer Seite, da konnte sie sagen und tun, was sie wollte.
Sie strich ihm über die Ohren und sagte mit tränenerstickter Stimme: »Nachher sagt sie wieder ›Hundeklauerin‹, verstehst du?«
Natürlich verstand Leo nicht. Er sprang an ihr hoch und winselte. Da machte sie sich lang, schwang den Stock in ihrer Hand, warf ihn einen Sandhügel auf der anderen Seite des Weges hinauf und rief: »Hol, Leo!«
Leo zögerte nur kurz. Also spielen, na gut. Er sprang vom Weg, buddelte sich durch den Sand den Hang hinauf und schnappte sich den Stock. Doch als er sich umdrehte und zurücklaufen wollte, war niemand mehr da unten auf dem Weg.
Den Stock im Maul robbte er den Hügel hinunter, rannte über den Weg und arbeitete sich auf der anderen Seite den Sandhügel hinauf. Ihr Geruch hing noch ganz frisch in der Luft.
Sand rieselte ihm in die Augen, in die Ohren, ins Fell. Aber dann war er oben. Er schüttelte sich, hielt die Nase in den Wind. Ha, er sah sie schon!

Unten im Sandhügeltal lief sie vor ihm weg, drehte sich im Laufen um und fuchtelte mit den Händen, als wolle sie ihn verscheuchen.
Von wegen! Leo rutschte den Sandberg hinunter, nach wenigen Metern trafen seine Pfoten auf grasbewachsenen, festen Grund, ein paar lang gestreckte Sätze und er warf dem Mädchen den Stock vor die Füße.
Sie lachte erst ein bisschen, dann weinte sie, dann lachte sie wieder. Immerhin blieb sie stehen, schniefte, fuhr sich mit dem Ärmel über die Augen, dann ging sie in die Hocke und kraulte ihn hinter den Ohren.
»Leo, Mensch!«, kam es keuchend aus ihrem Mund. »Was soll ich denn mit dir machen?«
Als Antwort wedelte Leo mit dem Schwanz.
»Na gut«, sagte sie endlich. »Dann kommst du eben mit. Egal, was sie sagt.«
Sie stand auf und langsam ging sie weiter. Leo hielt sich dicht neben ihr. Ab und zu fuhr sie ihm mit der Hand über den Rücken. Und auf einmal fing sie zu erzählen an, redete und redete, als könne Leo jedes Wort verstehen.
»Weißt du, Leo«, sagte das Mädchen. »Jetzt wird sie sowieso nicht mehr mit uns spielen. Wir haben nämlich geklaut. Im Supermarkt. Und deine Karo-

line, die findet das bestimmt ganz schlimm. Ich wollte ja nicht, aber Tammo hat gesagt, wir müssen, damit ... Ach Leo, du hast es gut. Fressen und saufen und von allen verwöhnt werden. Und deine Karoline, die hat richtige Eltern, die verbieten ihr bestimmt, mit Kindern zu spielen, die klauen.«
Leo lief dicht neben ihr, wedelte mit dem Schwanz und sah sich immer wieder nach allen Seiten hin um. Der Schäferhund ließ sich nicht blicken.
»Der Polizist hat gesagt, wir sind diebische Elstern«, sagte das Mädchen. »Papa und seine Gitti haben vielleicht geguckt. Aber das sollen sie ruhig.«
Sie kamen aus den Sandhügeln heraus und zu Leos Überraschung waren sie auf einmal wieder auf dem Alten Deich mit den rauschenden Bäumen. Zielstrebig ging das Mädchen auf den schmalen Pfad zu, der zum Hansen-Hof hinunterführte.
Leo blieb zwischen den Bäumen oben am Deich sitzen. Nein, da hinunter würde ihn niemand bringen. Da unten wohnte das Ungeheuer mit den Spießen am Kopf.
Das Mädchen blieb stehen, drehte sich nach ihm um und sagte: »Was ist, Leo? Komm mit. Ich gehe zu Annecke. Vielleicht kann Annecke uns helfen.«
Leo rührte sich nicht vom Fleck.

»Du musst keine Angst haben, Leo«, sagte das Mädchen. »Arno tut dir nichts. Der ist ganz harmlos. Und Annecke ist nett, ehrlich.«
Leo blieb sitzen und hechelte.
»Komm doch, Leo. Ich will nicht, dass Papa und seine Gitti mich sehen, weil ... weil nämlich ... Ach, du Schande! ...«
Mit offenem Mund starrte das Mädchen in die Richtung des Schotterweges, der in den kleinen Wald mit den krummen Bäumen führte.
Auch Leo drehte sich um.
Von dort kamen der lange Tammo, die Schlotterhose, der Leo-Junge und Karoline, seine Karoline!
Sofort lief Leo los und sprang ihr entgegen.

11. Kapitel

Eine unruhige Nacht

»Hey, Leo, wo kommst du denn her?«, rief Karoline. »Und wo ist Jasmin?«
Vor Aufregung war Leo kaum zu halten. Er sprang an Karoline hoch, als wolle er ihr dringend sehr viel erzählen.
»Gut, schon gut, Leo«, sagte Karoline und versuchte, ihren Hund zu beruhigen. »Wo ist Jasmin, Leo? Ich habe dir doch gesagt, du sollst Jasmin suchen!«
Leo umkreiste Karoline, dann lief er zu der Stelle, an der der schmale Pfad abging. Er war noch nicht dort, da tauchte über dem Rand des Deichs das Gesicht des Mädchens auf. Jasmin.
»Hier bin ich«, sagte sie. »Und damit du's weißt: Leo ist mir nachgelaufen. Ich wollte überhaupt nicht, dass er kommt. Gestern nicht und heute nicht. Ich bin keine Hundeklauerin. Was soll ich denn machen, wenn er mir nachläuft? Ich …«
»Glaub ich dir doch«, sagte Karoline. »Ich weiß

doch, wie Leo ist. Wenn er sich was in den Kopf gesetzt hat, dann macht er das auch. Er mag dich eben. Das kann man nicht ändern. Und überhaupt … wegen gestern … also, das tut mir Leid und …«
Die beiden Mädchen standen voreinander und sahen sich in die Augen.
»Echt?«, sagte Jasmin leise und Karoline nickte.
»Nun macht nicht so ein Theater«, sagte der lange Tammo. »Wir müssen sehen, dass wir hier wegkommen. Ich will nicht, dass sie uns erwischen.«
»Lass uns doch zu Annecke gehen«, sagte Jasmin. »Wir schlafen auf dem Heuboden. Das ist immer noch besser als im Piratenlager, wenn Clemens da nicht bleiben will.«
Tammo sah seine Schwester an und überlegte. »Gar keine schlechte Idee«, sagte er schließlich.
Clemens stand dicht neben dem Hund und kraulte ihn. »Aber Leo kommt mit«, sagte er mit dünner Stimme.
Jasmin legte ihrem kleinen Bruder die Hand auf die Schulter. »Leo geht nicht auf den Bauernhof, Clemi«, sagte Jasmin. »Leo hat Angst vor Arno.«
»Nicht vor Arno«, sagte Karoline. »Vor Bertram.«
Jasmin sah sie an und ein Lächeln huschte über beide Gesichter. »Ach so«, sagte Jasmin. »Jetzt verstehe ich.«

»Also los dann«, sagte Tammo. »Was stehen wir noch rum? Ich hole die Luftmatratzen.«
»Ihr wollt wirklich?«, fragte der Leo-Junge.
»Ja, klar wollen wir«, sagte Tammo. »Was denkst du, warum wir das veranstaltet haben, das Klauen und so? Damit er endlich mal Angst kriegt. Damit er endlich mal merkt, dass es uns auch noch gibt. Nicht nur seine Trallala-Gitti.«
Der Leo-Junge nickte.
»Und hört mal her«, sagte Tammo. »Es kann sein, dass er zu euch kommt und euch ausquetscht. Ihr sagt nichts, ja? Ihr wisst von nichts!«
»Ja, klar«, sagte der Leo-Junge.
Karoline wunderte sich über sich selbst. Gestern noch hatte sie nicht ein Wort mit den Professoren-Kindern reden wollen. Aber es war alles anders, als sie sich vorgestellt hatte. Und Jasmin? Wenn es nach Leo, dem Hund, ging, dann …
»Wir sagen nichts«, versprach Karoline. »Und Leo sowieso nicht.«
»Also gut«, sagte Tammo und schob seine Geschwister vor sich her, den Pfad am Alten Deich hinunter.
»Leo soll mit«, quengelte Clemens.
Jasmin schüttelte den Kopf und nahm ihren kleinen Bruder an die Hand. Bevor sie verschwanden,

drehte sie sich noch einmal um und winkte zu Karoline und den beiden Leos hinauf. »Bis morgen, ja?«
Karoline winkte zurück. »Bis morgen.«
Sie sahen ihnen nach, bis sie auf dem Hansen-Hof verschwunden waren. »Meinst du, dass Annecke ihnen hilft?«, fragte Karoline.
Leo zog die Schultern hoch. »Komisch ist das schon«, sagte er. »Die passen doch gar nicht zusammen.«
»Wieso denn nicht?«, sagte Karoline. Aber sie wusste ganz gut, was er meinte. Die Professoren-Kinder und Annecke, die nicht so hell war im Kopf.
»Annecke ist in Ordnung«, sagte Karoline. »Ist doch jetzt gar nicht wichtig, ob sie viel weiß oder viel Geld hat.«
Sie gingen vom Alten Deich zum Parkplatz vor den Ferienwohnungen hinunter und Leo sagte: »Erzählen wir's deinen Eltern, oder lieber nicht?«
Karoline blieb stehen, sah ihn an und überlegte. »Wir erzählen es«, sagte sie schließlich.
»Aber wir haben versprochen, sie nicht zu verraten«, sagte Leo. »Was ist, wenn der Professor kommt? Vielleicht sucht er sie längst?«
»Meine Eltern halten dicht«, sagte Karoline. »Bestimmt. Mama findet den Professor ätzend.«

»Und wenn die Polizei kommt?«, fragte Leo. »Die machen doch Großfahndung. Mit Hunden und so.«
Darauf wusste Karoline keine Antwort, und als sie die Treppe im Ferienhaus hinaufstiegen, Leo, der Hund, vor ihnen her, beneidete Karoline ihn darum, dass er nur seinen abendlichen Hundekuchen im Sinn zu haben brauchte.
»Da seid ihr ja endlich!«, rief Papa über den dampfenden Töpfen in der Küche, als Karoline und die beiden Leos hereinkamen.
Atemlos und etwas durcheinander, erzählte Karoline im Küchendunst fast alles, was sie erlebt hatten, aber sie erzählte nichts von Annecke und dem Hansen-Hof.
Mama und Papa lehnten gegen die Anrichte, hörten zu und schüttelten von Zeit zu Zeit die Köpfe.
»Aber ihr dürft sie nicht verraten, ja? Auch nicht, wenn der Professor kommt«, sagte Karoline zum Schluss. »Wir haben das nämlich versprochen, und das mit dem Klauen, das haben sie nur gemacht, um ihrem Vater eins auszuwischen. Vorher haben sie noch nie geklaut, sagt Tammo.«
»Also, so ist das«, sagte Mama. »Fast habe ich mir so was gedacht.«
»Da sieht man mal«, sagte Papa, »dass auch Professoren ihre Sorgen haben.«

Das fand Mama nicht so gut. »Aber an diesen Sorgen ist er selber schuld, der Herr Geistesakrobat«, sagte sie heftig. »Man sollte ihm die Kinder glatt wegnehmen!«
»Langsam, langsam«, sagte Papa. »So einfach ist das doch alles nicht.«
»Ach, ich könnte wütend werden«, sagte Mama. »Dicken Kopf und dickes Portemonnaie, aber keine Zeit für ihre Kinder!«
Allmählich wurde es dunkel. Aber es war noch angenehm warm und sie aßen draußen auf dem Balkon. Mama konnte sich nur schwer beruhigen und musste ihrer Empörung immer wieder von neuem Luft machen.
»Nicht so laut!«, sagte Papa und nickte zur Balkonbrüstung hin.
»Das kann er ruhig hören!«, sagte Mama kampflustig.
Karoline und der Leo-Junge sahen sich an. Beide lauschten auf Geräusche von unten, hörten aber nichts. Wahrscheinlich waren der Professor und seine Freundin gar nicht da. Vielleicht suchten sie jetzt überall. Vielleicht waren sie auf der Polizei.
Leo, der Hund, lag zusammengerollt in der Ecke des Balkons, verdaute den Hundekuchen und blin-

zelte zum Tisch hinauf. Obwohl er nie etwas vom Tisch bekam – bei so guten Gerüchen konnte er seine immer währenden Gelüste schwer unterdrücken.
Später lagen sie noch lange wach und redeten.
»Auf so einem Heuboden sind bestimmt Mäuse«, sagte Karoline.
»Und Ratten«, sagte Leo.
»Hör auf.«
»Ich finde das toll, dass sie das gemacht haben«, sagte Leo. »Der Professor wird sich wundern.«
»Ich weiß nicht«, sagte Karoline.
»Was würdest du denn machen, wenn du merkst, dass du deinen Eltern nur noch im Weg bist?«
»Keine Ahnung«, gab Karoline zu.
»Immerhin sind die zu dritt«, sagte Leo.
Karoline schwieg. Leo wollte über sich sprechen, das spürte sie. So etwas Ähnliches, wie die Professoren-Kinder jetzt erlebten, hatte er hinter sich.
»Du bist ja auch abgehauen«, sagte Karoline. »Zu uns. Und dann zu deinem Onkel Victor.«
Leo lachte, froh, dass sie auf ihn einging. »Zu euch, das war gut«, sagte Leo. »Aber zu Onkel Victor, das war Blödsinn. Das war nur, weil ich nicht gewusst habe, was ich machen soll. Und weil ich meinen Eltern eins auswischen wollte.«

»Komisch«, sagte Karoline, »wie schnell man was tut, was man eigentlich gar nicht will.«
Eine Zeit lang sagte keiner etwas und für den Moment war da das selten schöne Gefühl, sich zu verstehen.
»Karoline?«
»Ja?«
»Machen wir morgen was zusammen mit den anderen?«, fragte Leo.
»Ja, machen wir«, sagte sie. Und nach einer Weile: »Jasmin ist, glaube ich, ganz nett.«
»Tammo auch«, sagte Leo.
Sie schwiegen. Aber einschlafen konnten sie beide nicht.
Plötzlich reckte Leo, der Hund, auf seinem Platz in der Ecke den Kopf und spitzte die Ohren. In der Wohnung unter ihnen polterte etwas und Stimmen wurden laut. Verstehen konnte man nichts. Sie hörten ein kreischendes Lachen, eine Brummstimme und einen auf- und abschwellenden Heulton, den sie sofort erkannten.
»Clemens!«, rief Leo und sprang aus seinem Bett.
»Sie haben sie erwischt!«, sagte Karoline und kletterte so schnell wie möglich aus ihrem Hochbett. »Komm, wir gehen auf den Balkon!«
Natürlich drängte sich Leo, der Hund, zwischen

sie. Barfuß tappten sie durch den dunklen Flur, durch das dunkle Wohnzimmer und öffneten die Glastür zum Balkon.
»Psst, Leo!«, flüsterte Karoline. »Nicht bellen!«
Die Sommernacht war immer noch lau, der Wind kribbelte angenehm auf der Haut.
Aber auch auf dem Balkon war nicht viel mehr zu verstehen als in ihrem Zimmer. Leo und Karoline

beugten sich über das Geländer und horchten. Auch Leo, der Hund, legte seine Vorderpfoten auf das Geländer und schnupperte in die sternklare Nacht.
Die Frauenstimme war die lauteste. Sie lachte, als sähe sie eine Witzsendung im Fernsehen. Aber ein fröhliches Lachen war es nicht. Und einmal war die Frauenstimme doch zu verstehen. »So?«, rief sie, »und jetzt soll ich schuld sein, ja? So haben wir nicht gewettet, Doktorchen! So nicht!«
Der Heulton von Clemens brach zwischendurch immer wieder ab. Dann hörte man die tiefe Stimme des Professors, manchmal die von Tammo, selten Jasmin. Dann wieder das laute Kreischen, eine Tür knallte, und danach war eine Weile nichts mehr zu hören.
»Die sind sie los!«, sagte Leo, der Junge.
Auf einmal standen Mama und Papa neben ihnen. Mama im geblümten Pyjama, Papa in seinem Schlafanzug mit den komischen Buchstaben-Mustern.
»Sie haben sie erwischt!«, flüsterte Karoline ihnen zu.
Papa nickte. »Ist vielleicht das Beste so«, sagte er.
»Und die Freundin vom Professor haben sie rausgeschmissen!«, sagte Leo.

Eine Weile standen alle fünf am Balkongeländer, horchten nach unten. Die Stimmen wurden leiser, der Heulton war immer seltener zu hören.
»Wir sollten uns schämen«, sagte Mama schließlich. »Schlüssellochgucker.«
»Gehen wir schlafen«, sagte Papa. »Ändern können wir jetzt doch nichts.«
An Schlaf war aber erst einmal nicht zu denken. Wieder im Dunkeln in ihren Betten, redeten Karoline und Leo noch lange und malten sich immer neue Möglichkeiten aus, wie der Professor die drei gefunden haben könnte.
»Glaubst du, sie rauschen morgen alle zusammen ab?«, fragte Leo.
»Das wäre schade«, sagte Karoline.

12. Kapitel

Leo und Leo

Auch Leo, der Hund, verbrachte eine unruhige Nacht. Zwar war er es gewohnt, in seinem Hundeschlaf mit einem Ohr ständig in der wachen Welt zu bleiben, immer bereit, aus seinem Traum aufzuspringen und zur Stelle zu sein – aber in dieser Nacht fühlte er sich doch gestört. In dieser Nacht redeten und lachten Karoline und der Leo-Junge so viel wie noch nie zuvor. Oft fiel dabei sein Name und Leo war nicht sicher, ob er aufspringen sollte oder nicht.
Endlich gaben sie Ruhe, und von Karoline im oberen Bett war nichts mehr zu hören. Aber der Leo-Junge unten knarrte immer weiter mit seiner Matratze und zerknarrte Leo, dem Hund, die schönsten Träume. Als das Licht schon durchs Fenster fiel, hatten sie beide noch nicht viel geschlafen, der eine wie der andere Leo.
Schließlich warf der Leo-Junge seine Bettdecke zurück, schwang seine Beine heraus, blieb aber auf

der Bettkante sitzen. Er rieb sich die Augen und zerstrubbelte mit beiden Händen sein Haar. Lange saß er, die Ellbogen auf die Knie gestützt, den Kopf zwischen den Händen, und starrte vor sich hin. Schließlich stand er auf, sah kurz zu Karoline hinauf, dann schlich er zur Tür, drückte mit beiden Händen vorsichtig die Klinke hinunter, zog die Tür einen Spalt weit auf, schlüpfte hindurch und war verschwunden.

Eine Weile blieb Leo, der Hund, reglos liegen. Mit dem Jungen war auch das Knarren weg und jetzt hätte er endlich in Ruhe schlafen können.

Aber die Neugier war stärker. Vielleicht war der Junge in die Küche gegangen. Vielleicht plünderte er den Kühlschrank. Vielleicht war da auch etwas für Hunde dabei.

Leo hob sich auf seine vier Beine, streckte sich und stakste zur Tür. Sie war angelehnt. Ein Stups mit der Schnauze genügte und er war auf dem Flur.

Hier war die Dunkelheit noch dichter als im Zimmer mit dem großen Fenster. Mehr als von seinen Augen ließ er sich von seiner Nase leiten.

In der Küche war der Junge nicht. Nur ein paar Krumen fand er auf dem Fußboden, dort, wo der Brotschneider stand.

Der Leo-Junge war auch nicht im Bad. Die Tür

stand halb offen. Ein Blick hinein und Leo drehte wieder ab.
War er etwa zu Mama und Papa ins Schlafzimmer gegangen? Deren Tür war geschlossen. Leo blieb einen Moment davor stehen. Dem Geruch nach zu urteilen war der Junge hier vorbei und ins Wohnzimmer gelaufen.
Aber auch im Wohnzimmer war er nicht. Nur Stuhlbeine, Tischbeine und der kratzige Teppich.

Leo drehte eine Runde um den Tisch und dann sah er ihn.

Die Tür zum Balkon stand offen und auf einem niedrigen Blumenhocker in der Ecke vor der Milchglasscheibe saß der Leo-Junge, den Kopf in die Hände gestützt, die Ellbogen auf den Knien, geradeso, wie eben noch auf seinem Bett.

Leo ging zu ihm hin.

»Hey, Leo«, flüsterte der Junge mit heiserer Stimme und strich ihm über den Kopf.

Leo, der Hund, setzte sich.

»Kannst du auch nicht schlafen?«, sagte der Junge. Die Luft hier draußen war frisch und unverbraucht. Der große Weidenbaum vor dem Haus war voller Vögel, die ihr Morgenlied sangen. Wollte der Junge den Vögeln zuhören? Leo stieß mit der Schnauze an sein Bein. Sie könnten ja rausgehen. In den Wald mit den schiefen Bäumen. Zum Holzhaus. Am großen Wasser entlang. Oder durch die Sandhügellandschaft. Das wäre nicht schlecht.
Doch der Leo-Junge rührte sich nicht vom Fleck. Er sah ihn an, aber seine Augen waren trotzdem weit weg.
»Bist du schon mal verliebt gewesen, Leo?«, flüsterte der Junge.
Leo, der Hund, stand auf und schüttelte sich. Aber der Junge machte keine Anstalten, mit ihm zu spielen. Also setzte er sich wieder, spitzte die Ohren und tat, als würde er zuhören.
»Ja klar!«, sagte der Junge etwas lauter und richtete sich ein wenig auf. »Die Jule! Auf dem Hundeplatz. Weißt du noch, Leo? In die Jule bist du verliebt gewesen!«
Leo spürte, dass es dem Jungen mit dem, was er sagte, besonders wichtig war, und als Antwort leckte er ihm die Hand.
»Weißt du noch, Leo?«, sagte der Junge nun wieder

im Flüsterton. »Du wolltest dich nicht dressieren lassen und bist einfach aus der Reihe gesprungen, zu deiner Jule hin.«

Leo gähnte. So wie sich der Junge anhörte, konnte es noch lange dauern. Alle wollten ihm immer so viel erzählen. Spielen wäre ihm lieber gewesen.

Inzwischen war es richtig hell geworden. In der Ferne rauschte das große Wasser. Der Spektakel der Vögel im Weidenbaum hatte seinen Höhepunkt erreicht. Vom Parkplatz vor dem Haus fuhr ein Auto ab.

Der Leo-Junge kraulte ihm den Nacken. Er grinste dabei über das ganze Gesicht.

»Weil du so verliebt warst, bist du einfach aus der Reihe getanzt«, sagte der Junge und nickte vor sich hin.

Eine Zeit lang saßen sie noch wortlos nebeneinander auf dem Balkon, hörten den Vögeln zu, dem Meer und dem Wind. Dann stand der Junge auf, und gemeinsam schlichen sie durch das Wohnzimmer, über den Flur und in ihr Zimmer zurück.

Leo rollte sich auf seinem Platz zusammen, und der Junge verschwand unter der Decke in seinem Bett und schlief nun endlich ohne zu knarren.

13. Kapitel

Ein Professor lernt etwas

Ein komisches Gefühl hatte Karoline schon, als sie jetzt auf den Klingelknopf zur Wohnung des Professors drückte. Heute Morgen beim Frühstück hatten sie nur gedämpfte Geräusche von unten gehört und einstimmig beschlossen, dass Karoline und die beiden Leos einfach mal hinuntergehen sollten. Karoline hatte es ja auch versprochen. Aber was sollte sie sagen, wenn der Professor laut polternd die Tür öffnen und wieder so einen albernen Witz fabrizieren würde? Das wäre ihr peinlich.

»Keine Angst«, flüsterte Leo, »wir sind ja bei dir.«

Karoline huschte ein Lächeln durch die Augen und ein bisschen warm wurde ihr auch wieder. Leo, der Hund, setzte sich zwischen sie, als wäre er eifersüchtig.

Nach dem Klingeln rührte sich hinter der Wohnungstür erst einmal nichts. Karoline war unsicher. Wie spricht man mit einem Professor? Was

sagt man zu Kindern, die man erst ganz blöd gefunden hat?
Endlich klapperte es hinter der Tür, sie wurde einen Spalt weit aufgezogen, Jasmins Gesicht erschien. Als sie die drei erblickte, zog sie die Tür weiter auf.
»Ihr?«, sagte Jasmin ungläubig. Sie hatte verheulte Augen, aber als Leo, der Hund, schwanzwedelnd auf sie zukam, gelang ihr ein schiefes Lächeln.
»Wir … wir wollten doch …«, begann Karoline. Dann wusste sie nicht weiter.
»Clemi hat es nicht ausgehalten«, erklärte Jasmin. »Es war so dunkel auf dem Heuboden. Und da waren so komische Geräusche. Außerdem hätte uns beinahe Anneckes Vater gefunden.«
»Dann seid ihr von allein wieder zurück?«, fragte Leo.
»Wir konnten ihn doch nicht allein lassen«, sagte Jasmin. »Und ins Piratenlager wollte er nicht mehr. Auf dem Parkplatz sind wir Papa und Gitti in die Arme gelaufen.«
»Und dann gab es Theater«, sagte Leo. »Haben wir mitgekriegt.«
»Kommt rein«, sagte Jasmin und öffnete die Tür jetzt ganz.

Leo, der Hund, hatte sich längst hindurchgeschlängelt. Karoline und der andere Leo sahen sich nach allen Seiten um und gingen langsam hinter ihm her.
Die Wohnung war auf den ersten Blick so wie ihre. Von den Erwachsenen war nichts zu sehen.
Clemens kam aus der Küche, lief sofort zu Leo, dem Hund, und streichelte ihn. Das Hemd hing ihm über die Schlotterhose und seine Haare standen ihm wirr vom Kopf. Er grinste sie an, verschwörerisch irgendwie, sagte aber nichts.
Tammo saß im Zimmer vor dem Fenster und las. Als er sie sah, hob er die linke Hand und sagte: »Ach ihr.« Er sah aus, als fände er es ziemlich anstrengend, seine Gedanken aus dem Buch zu lösen.
»Und wisst ihr das Neueste?«, sagte Jasmin. »Gitti ist weg.«
»Mit unserem Auto«, sagte Tammo. »Abgedüst. Bei Nacht und Nebel. Und wir sitzen jetzt auf dem Trockenen.«
»Wow!«, sagte Leo. »Ich glaube, ich habe sie wegfahren hören.«
»Und jetzt?«, fragte Karoline. »Aber ihr bleibt doch, oder?«
»Keine Ahnung, was Papa ausbrütet«, sagte Jasmin. »Er spricht nicht mehr mit uns.«

»Wo ist er denn?«, fragte Karoline.
Statt einer Antwort ging Jasmin ins Wohnzimmer und nickte in Richtung der offenen Glastür. Auf dem Balkon saß, mit dem Rücken zu ihnen, die Ellbogen auf dem Tisch, den Kopf zwischen den Händen, der Professor und starrte in den großen Weidenbaum vor dem Haus. Der Wind ließ die Blätter flirren. Vögel waren nicht mehr zu hören. Der Professor rührte sich nicht.
Sie blieben mitten im Wohnzimmer stehen. Keiner wagte sich einen Schritt weiter. Es war, als sei eine unsichtbare Mauer um den Professor herumgezogen, die man nicht durchbrechen durfte. Nicht einmal Leo, der Hund, ging einen Schritt weiter.
Endlich flüsterte Clemens: »Papa ist traurig.«
Jasmin nickte und sie gingen auf den Flur zurück. Das Schweigen des Professors lag wie eine dicke Wolke aus Ratlosigkeit über ihnen und keiner wusste so richtig, was er sagen sollte.
»Gehen wir zusammen schwimmen?«, fragte Karoline schließlich.
Jasmin sah sie an, überlegte eine Weile und sagte dann: »Zum Hundestrand?«
»Ja.«
»Also gut. Treffen wir uns in zehn Minuten?«
Papa und Mama hatten eigentlich für diesen Vor-

mittag eine Wattwanderung mit ihnen geplant. Aber sie sahen ein, dass Karoline und die beiden Leos jetzt Wichtigeres zu tun hatten.

»Kommt ihr denn so lange ohne uns klar?«, fragte Mama.

»Bestimmt«, sagte Karoline. »Wir haben doch Leo dabei.«

»Macht euch ein paar Brötchen«, sagte Mama. »Und für Leo nehmt einen Hundekuchen mit. Die Wattwanderung dauert wahrscheinlich länger. Ein warmes Essen gibt es dann erst heute Abend.«

Mit prall gefülltem Rucksack stürmten Karoline und die beiden Leos wenig später die Treppe hinunter. Die Professoren-Kinder warteten schon auf dem Parkplatz vor dem Haus.

»Was hat er gesagt?«, fragte Karoline. In Gedanken sah sie immer noch den breiten Rücken des Professors reglos vor dem Weidenbaum.

Jasmin zog die Schultern hoch. »Nichts«, sagte sie.

»Erst mal muss er sehen, woher er sich ein Auto leiht«, sagte Tammo. »Langsam wird das Geld knapp. Die Scheidung hat schon 'ne Menge gekostet. Und jetzt muss er auch noch für uns blechen. Wegen der Sache im Supermarkt.«

Sie gingen über den Alten Deich zum Hundestrand.

»Papa ist arm«, sagte Clemens.
Tammo sah seinen kleinen Bruder über die Schulter verächtlich an.
»Sei bloß ruhig, Heulsuse«, sagte er. »Wenn du uns nicht verraten hättest, wäre jetzt nicht so 'n Theater!«
»Hör auf!«, sagte Jasmin. »Ich kann das nicht mehr hören!«
Zum Glück kümmerte sich Clemens nun hauptsächlich um Leo, den Hund, und Tammo sprach nur noch mit Leo, dem Jungen.
Karoline ging neben Jasmin, aber bis zum Hundestrand hatten sie kaum ein Wort gewechselt.
Dann saßen sie in Badeanzügen auf der Decke im Sand, das Meer rauschte, Möwen schrien, die Sonne schien, der Wind strich angenehm über die Haut und sie waren eingehüllt in Hunde- und Menschenstimmen und in Sonnenölduft.
»Du hast ja gar nicht so große Füße«, sagte Karoline.
Verwundert sah Jasmin sie an. »Wieso sollte ich große Füße haben?«
»Mein Papa sagt, alle Mädchen aus Göttingen haben große Füße.«
»Haha.«
»Das hat mal ein Dichter gesagt. Vor langer Zeit.

Ich glaube, Heinrich Heine.«
»Ach der«, sagte Jasmin. »Den kenne ich. Der hat über der Nordsee gewohnt.«
»Wie?«, sagte Karoline. »In Göttingen gibt es doch keine Nordsee.«
»Das Fischgeschäft«, sagte Jasmin. »Da ist eine Tafel dran. Mit dem Namen.«
»Ach so«, sagte Karoline.
»Gehen wir ins Wasser?«, fragte Jasmin.
»Ja, los!«
Sie sprangen auf und natürlich stürmte Leo, der Hund, sofort hinter ihnen her. Clemens versuchte, ihn festzuhalten, stolperte dabei über seine Hose, fiel hin und heulte. Aber niemand sah es. Hastig zog er Hose und T-Shirt aus und rannte hinter den Mädchen und dem Hund her.
Tammo und der Leo-Junge gingen wie die alten Leute mit aufgekrempelten Hosenbeinen an der Brandung entlang und redeten.
Gegen Mittag zogen Wolken auf und der Wind wurde kühler. Sie teilten ihre Wurst- und Käsebrötchen auf, aßen auf der Decke und der vierbeinige Leo ließ seinen Hundekuchen zwischen den Zähnen zerkrachen.
Tammo schlug vor, zum Piratenlager zu gehen. Sie packten zusammen und gingen los.

»Wieso nennt ihr das eigentlich ›Piratenlager‹?«, fragte Karoline.
»Als wir angekommen sind«, sagte Jasmin, »gleich am ersten Tag, als noch alles ganz gut war, haben wir das Holzhaus entdeckt. Da haben wir ›Piraten‹ gespielt. Mit dem Boot über den kleinen See. Und die Hütte war unser Lager.«
»Und wir haben gedacht, ihr habt da eure geklauten Sachen versteckt«, sagte Karoline.
»Wir haben keine Sachen mitgenommen. Nie!«, sagte Tammo. »Wir haben nur geklaut, damit sie uns erwischen. Und damit Papa kapiert, dass es uns auch noch gibt.«
»Ganz schön verrückt«, sagte Karoline.
»Wennschon«, sagte Tammo.
Es wurde ein ziemlich guter Nachmittag. Zu sechst bestiegen sie den kleinen Ruderkahn, der versteckt im Schilf lag, setzten Leo, den Hund, als ›Ungeheuer von Loch Ness‹ in den Bug und paddelten mit den Händen kreuz und quer durch den Weiher. Mehrmals wurde ihr Schiff geentert. Zum Glück hatten alle Piraten Badezeug an und konnten schwimmen. Selbst Leichtmatrose Clemens wechselte schon bald von zaghaften Heultönen zu schaurigem Gebrüll. Leo, der Hund, war mal Walfisch, mal Fischotter, nie aber Ratte.

Weil vor der Hütte altes Feuerholz lag, kam Leo, der Junge, auf die Idee, ›Verstecken mit Hölzern‹ zu spielen. Sie brachen sich zehn Stöcke zurecht, jeder ungefähr so lang wie ein Buch hoch, und stapelten sie auf dem Platz vor der Holzhütte aufeinander.
Karoline erklärte Leo, dem Hund, dass die Stöcke nicht für ihn waren und dass er immer dem helfen sollte, der suchen muss. Leo hechelte, wedelte mit dem Schwanz und tat so, als hätte er alles verstanden.

Tammo trat die Stöcke auseinander und alle rannten los und versteckten sich. Leo, der Junge, der sich bereit erklärt hatte, als Erster zu suchen, sammelte so schnell wie möglich die zehn Hölzer ein und legte sie wieder zusammen. Bevor Karoline Leo, dem Hund, klar machen konnte, dass er ihr nicht nachlaufen soll, war sie längst entdeckt.

»Eins, zwei, drei für Karoline!«, rief Leo, der Junge, und stellte dabei den Fuß auf den Stockhaufen.
»Das ist gemein«, maulte Karoline. »Nur wegen Leo.« Aber sie kam, stellte sich neben den Holzstapel, war nun gefangen und musste darauf hoffen, dass es einem der anderen gelingen würde, sich anzuschleichen und den Stockhaufen auseinander zu treten.
Leo, der Hund, setzte sich neben sie und sah von einem zum anderen. Richtig verstanden hatte er das Spiel offenbar nicht.
Leo, der Junge, bewegte sich vorsichtshalber nicht weit von den Stöcken weg und drehte sich immer wieder unverhofft um. Dann entdeckte er Jasmin, die sich im Schilf versteckt hatte.
Als die beiden Mädchen als Gefangene neben den Stöcken standen, versuchten sie Leo beim Suchen auf die falsche Fährte zu schicken.
»Tammo, bleib im Versteck und rühr dich nicht!«, rief Jasmin und schaute dabei in Richtung des Wäldchens mit den windschiefen Bäumen.
Und Karoline rief: »Nicht auf den Baum steigen, Tammo! Da sieht er dich!«
Tatsächlich ließ Leo, der Junge, sich verleiten, ging ein paar Schritte von den Stöcken weg und stellte sich auf Zehenspitzen.

In diesem Moment kam der kleine Clemens in Badehose hinter dem Holzhaus hervorgeschossen und zertrat den Stockhaufen.
Unter Jubelschreien rannten alle drei davon und Leo, der Junge, beeilte sich, die zehn Hölzer wieder auf einen Haufen zu bringen.
»Toll, Clemi!«, rief Jasmin. »Das hast du gut gemacht!«
Clemens' Augen leuchteten. »Kommt mit!«, rief er. »Ich weiß ein prima Versteck!«
In der zweiten Runde musste Karoline suchen, weil Leo, der Hund, sie wieder verraten hatte. Aber das Suchen mit Leo ging dafür umso schneller.
»Los, Leo, such Jasmin!«, flüsterte Karoline. Und Leo lief los, die Nase dicht über dem Boden, und schon hatte er sie gefunden. Jasmin, Leo und Tammo. Nur Clemens fand er nicht. Leo rannte um den Weiher, schnüffelte und suchte am Waldrand, bei den Dünen, er rannte um die Holzhütte herum, in die Holzhütte hinein, aber Clemens war nirgends.
Schließlich wurde es Tammo langweilig. »Komm raus, Clemi!«, rief er. »Es gilt nicht mehr! Du hast gewonnen!«
Doch Clemens blieb verschwunden.
Jasmin sah ihren Bruder mit großen Augen an. Sie

presste die Hand vor den Mund. »Mensch, wenn was passiert ist?«, sagte sie.
Tammo schüttelte unwillig den Kopf. »Was soll schon passiert sein?«, sagte er. Und laut: »Clemens, komm endlich raus! Das Spiel ist zu Ende!«
Nichts rührte sich.
Zu fünft durchkämmten sie das Gelände vom Holzhaus bis zum Wald, riefen immer wieder Clemens' Namen und Leo, der Hund, bellte.
Dann sahen sie ihn. Auf dem Sandweg durch das Wäldchen kam Clemens ihnen entgegen. An der Hand hielt er einen großen, breitschultrigen Mann mit Stoppelhaaren. Den Professor.
»Ach, du Schande!«, sagte Tammo.
Jasmin blieb der Mund offen stehen.
»Papa spielt mit!«, rief Clemens ihnen entgegen.
»Das kann er doch gar nicht!«, sagte Tammo sofort.
Der Professor blinzelte. Etwas wie ein Lächeln zog über sein Gesicht.
»Wer weiß«, sagte er. »Clemens sagt, man könnte das lernen.«
»Ja, los!«, rief Clemens begeistert. »Papa sucht!«

14. Kapitel

Abschied

Die Zeit verging, und von Tag zu Tag gewöhnte sich Leo, der Hund, mehr daran, dass sein Menschenrudel größer war als je zuvor. Allein bleiben musste er kaum noch, meistens waren zwei oder drei Kinder da, die gleichzeitig mit ihm spielen wollten. Dazu kamen die unterschiedlichsten Hundebegegnungen am großen Wasser, in der Sandhügellandschaft und ab und zu in einer fremden Stadt. Seine Tage waren ausgefüllt, und wenn er sich abends auf seinem Platz zusammenrollte, spürte er eine gute Müdigkeit in den Knochen und freute sich auf den Schlaf.

Zum Rudel gehörten jetzt also auch die von unten, die drei Kinder und der große Stachelkopf, der meistens im Weg stand. Manchmal machten sie zusammen Ausflüge, Karoline, der Leo-Junge, Mama und Papa und die vier von unten. Einiges hatte sich verändert, aber Leo war sich schnell sicher, dass alle ihn mochten.

Clemens Schlotterhose zählte zum Beispiel zu den heftigsten Leo-Verehrern, aber er hatte klebrige Finger. Leo wich oft aus, wenn er nahte, doch der Junge war ein hartnäckiger Streichler. Hinterher schüttelte sich Leo jedes Mal und Mama vermutete schon, er habe Flöhe.

Einmal fuhren sie alle zusammen auf einem schwankenden Schiff so weit auf das große Wasser hinaus, dass Leo kein Land mehr sehen konnte. Er hielt sich immer dicht zwischen den Kinderbeinen, um nicht weggetragen zu werden vom Wind. Eine Plage waren die weißen Schreivögel. Die Kinder warfen ihnen Brotstücke zu, die sie mit ihren gefährlich spitzen Schnäbeln aus der Luft schnappten, und oft schossen sie so dicht über Menschen- und Hundeköpfen dahin, dass man meinte, sie würden angreifen. Leo schnappte nach ihnen, aber sie schienen darüber nur höhnisch zu lachen.

Dann war da mitten im großen Wasser ein Punkt, der beim Näherkommen immer größer wurde, und schließlich zeigte sich, dass sogar Häuser und Türme darauf standen. Als Leo endlich wieder festen Boden unter den Pfoten spürte, bellte er vor Freude, worüber der Stachelkopf so erschrak, dass er beinahe hingefallen wäre. »Hoppla«, sagte Papa und hielt ihn am Arm fest.

Sie gingen erst zwischen den Häusern herum, dann im Gänsemarsch mit vielen anderen Menschen und ein paar Hunden einen ausgetretenen Trampelpfad rund um das kleine Land im großen Wasser. Zu Leos Überraschung standen sie aber schon bald wieder auf dem schwankenden Schiff und glitten den langen Weg durch die Wellen zurück. Das rote Steinland wurde immer kleiner und verschwand. Die Menschen waren müde und

auch Leo war froh, als er unter einer Bank und hinter den Beinen von Karoline und dem Leo-Jungen einen Platz zum Dösen fand.
An Regentagen waren sie oft am kleinen Weiher und am Holzhaus, Leos Lieblingsplatz. Hier war das Wasser überschaubar und die Spiele – bis auf das mit den Stöcken – kapierte er schnell. Je wilder es zuging, desto besser. Ein großes Rudel hatte seine Vorteile. Einer war immer für ihn da und der Tag war voller Überraschungen.
Auch im Haus ging jetzt manches durcheinander. Manchmal waren sie zusammen unten in der Stachelkopf-Wohnung, manchmal zusammen oben in ihrer. Nicht schlecht waren auch die Abende, wenn das ganze Rudel um den Tisch saß und aß. Dabei erwies sich ausgerechnet der tollpatschige Stachelkopf als ausgesprochen interessant. Entgegen aller Regel, dass Leo nie etwas vom Tisch bekam, steckte ihm der breitschultrige Mann mehrmals Fleischbrocken und einmal sogar einen saftigen Knochen zu. Leider schimpfte ihn Mama dafür und er wagte es danach nicht mehr.
Das große Rudel war auch Grund dafür, dass Leo sogar seine Angst vor dem Ungeheuer vergaß. Eines Tages nämlich stand er, ehe er sich 's versah, zwischen all seinen Menschen auf dem Bauernhof

mit den starken Gerüchen. Er wollte umkehren, aber dann entschied er, sich ganz dicht an Karoline und den Leo-Jungen zu halten.
Die Katze schlich um den Misthaufen herum. Hühner und Enten trippelten aus seiner Reichweite in Richtung Tümpel, gackerten und schnatterten. Die Hütte, in der der Großvater-Hund gelegen hatte, war leer. Die Kaninchen in ihren Kästen schnupperten neugierig am Draht. Vom Ungeheuer mit den Dolchen auf dem Kopf war nichts zu sehen.
Leo klemmte den Schwanz ein, aber nicht einmal Karoline schenkte seiner Angst besondere Beachtung. Sein Rudel tat, als gebe es im Augenblick viel Wichtigeres. Bis auf Mama und Papa waren alle dabei. Sie standen im Halbkreis um das Hof-Mädchen herum, sahen mit traurigen Blicken vor sich hin auf die Erde, redeten, und Clemens Schlotterhose wischte sich mit dem Handrücken über die Augen. Dann gingen sie quer über den Hof, Leo dicht neben Karoline, Nase und Augen wachsam nach allen Seiten gerichtet.
Das Hof-Mädchen führte sie in den großen Gemüsegarten, zeigte auf eine Stelle unter einem Apfelbaum, wo eine löchrige, mit Pappe geflickte Kiste stand, aus der ein eigenartiger, halb bekannter, halb fremder Geruch drang.

Alle blickten auf die Kiste, hielten aber Abstand, und auch Leo unterdrückte seine Neugier und blieb bei Karoline.
Dann brachte das Hof-Mädchen drei Spaten und der große Stachelkopf, Tammo und der Leo-Junge fingen an, die Erde aufzugraben.
Immer höher wurde der braune Erdhügel, immer tiefer das Loch.

Während die drei schweigend Grasbüschel und Erdklumpen durch die Luft warfen, gingen Karoline links und Jasmin rechts von Leo in die Hocke, legten ihm jede einen Arm auf den Rücken, streichelten ihn, flüsterten und redeten auf ihn ein, als wollten sie alle Zuneigung und Sorge, die sie für ihn empfanden, auf einmal über ihm ausschütten. Auch die kleinen klebrigen Hände spürte Leo im Fell.

Die Hof-Kinder, das Mädchen und der kleine Junge, beugten sich jetzt über die geheimnisvolle Kiste, und darin lag, in ein weißes Tuch eingewickelt – Leo erkannte ihn nun ohne Zweifel –, darin lag der Großvater-Hund und rührte sich nicht. Leo erkannte den Alte-Hunde-Geruch, gemischt mit dem anderen, dem fremden.

Das Mädchen schob das Tuch zurück und streichelte dem Großvater-Hund über den Kopf. Dann deckte sie den Kopf wieder zu und schob ein Stück Pappe über das Loch in der Kiste. Der kleine Junge stand neben ihr, redete ununterbrochen und nickte dabei.

Schließlich nahmen die drei Gräber, der Stachelkopf, Leo und der lange Tammo, die Kiste auf und legten sie vorsichtig in das Erdloch. Eine Weile standen sie alle um das Loch herum und sahen hinunter. Der Stachelkopf redete etwas und dann Jasmin. Einer nach dem anderen nahm eine Hand voll Erde vom Haufen und ließ sie langsam auf die Kiste rieseln. Das war wie eine polternde Stimme aus der Erde heraus. Aber der Großvater-Hund sprang nicht aus dem Loch.

Sie warfen mit den Spaten die übrige Erde in die Grube und die Kiste verschwand darunter. Das Hof-Mädchen drückte eine Vase mit roten Blumen in die lockere Erde und der Stachelkopf und der Leo-Junge schleppten einen großen Stein heran und stellten ihn hinter der Vase auf. Mit einem Nagel ritzte der Leo-Junge etwas in den Stein.

Dann gingen sie langsam aus dem Garten, über den Hof und schließlich zum großen Wasser. Es dauerte an diesem Tag lange, bis sein Rudel endlich wieder zu toben anfing.

An einem strahlend schönen Sonnenmorgen stand der Abschied bevor. Leo merkte es an den Koffern und Taschen, die aus der unteren Wohnung in ein rotes Kastenauto auf dem Platz vor dem Haus getragen wurden. Koffer und Taschen, das hieß bei den Menschen immer Abschied und Aufbruch.

Leo war aufgeregt. Clemens Schlotterhose mit seinen klebrigen Fingern wich ihm nicht von der Seite. Der große Stachelkopf redete und lachte

laut, gab Mama und Papa die Hand, Karoline und dem Leo-Jungen, dann beugte er sich zu ihm, Leo, dem Hund, herunter, strich ihm mit seinen Riesenhänden über die Ohren und steckte ihm ein fettes Wurststück zu. Nicht schlecht, der Mann.
Dann kamen die anderen, einer nach dem anderen, Tammo, Clemens und Jasmin, tätschelten, streichelten und drückten ihn. Aber sie forderten ihn nicht wie sonst zu einem neuen Spiel auf, sondern sagten nur: »Mach's gut, Leo!«
Jasmin und Karoline umarmten sich, Tammo schlug dem Leo-Jungen auf die Schulter, dass es knallte, dann stiegen die von unten in das Kastenauto, unzählige Arme streckten sich aus den Fenstern und winkten, laut hupend rollte das Auto die Auffahrt hinauf und dann war es verschwunden.
Das Rudel war nun wieder kleiner. Seine Menschen standen noch eine Weile herum, schwiegen und sahen in die Baumkronen oben am Weg und in den blauen Himmel hinauf, als wäre da das rote Kastenauto noch immer zu sehen.
Endlich sagte Karoline: »Ich geh noch mal zum Piratenlager. Kommt ihr mit, Leos?«

15. Kapitel

Ein neues Spiel

Sie rannten über den Alten Deich, bogen in den Schotterweg ein, Leo, der Hund, natürlich als Erster. Dann Karoline. Sie musste jetzt einfach ganz schnell laufen, damit sich all die Abschiedsklöße, die ihr im Hals und in der Brust saßen, endlich auflösten. Die Ferien waren zu Ende. Mama und Papa packten die Koffer. In zwei Stunden würden sie auch auf der Autobahn sein.
Sie rannte, warf die Arme in die Luft und schrie aus purem Übermut krächzend laut wie die Möwen. Die Ferien waren zu Ende. Aber sie spürte es deutlich: Etwas Neues begann. Immer, jeden Tag begann etwas Neues, man merkte es nur nicht so deutlich wie heute.
Leo, der Junge, rannte hinter ihr her. Der Beste in Sport war er nicht, aber auf dem Weg durch das Wäldchen mit den windschiefen Bäumen hatte er Karoline eingeholt, lief einen Augenblick neben ihr her, dann legte er ihr im Laufen den Arm auf die

Schulter, zog sie zu sich her und einen aufregenden Moment lang berührten sich ihre Gesichter.
»Hey!«, protestierte Karoline. Aber sie war so verblüfft, das sie langsamer lief und schließlich sogar stehen blieb.
Leo machte sich los, lief vor ihr her, lief, als würde er vor seinem eigenen Mut weglaufen.
Puh, dachte Karoline und spürte wieder dieses sonderbar warme Gefühl im Bauch. Was ist denn mit dem los? Was ist denn mit mir los? Als sie mit langsamen Schritten das Holzhaus erreichte, saßen die beiden Leos auf der Schwelle und japsten. Karoline setzte sich zu ihnen.
Allmählich beruhigte sich Leos Atem. Er drehte den Kopf und sah Karoline an. Ihre Blicke trafen sich und sie mussten lachen.
Leo, der Hund, lief zum Weiher hinüber. Irgendetwas hatte im Schilf geraschelt. Sie standen auf und liefen hinter ihm her.
Seltsam, dachte Karoline. Eigentlich hatte sie mit den beiden Leos hierher gehen wollen, um noch einmal über alles zu reden, was gewesen war, über Jasmin, Clemens, Tammo, über den Professor und die Mutter in München. Aber jetzt war da auf einmal dieses Andere, dieses Neue, und davon war sie auf einmal ganz voll.

»Leo, bleib hier!« Dicht vor Leos Schnauze flatterte ein Rebhuhn auf und er sprang wild bellend hinter ihm her. Sie hatten alle Hände voll damit zu tun, ihn zurückzuhalten und zu beruhigen.
Wieder vor der Holzhütte, sagte Karoline: »Gehen wir noch mal zum Meer?«
Leo nickte.
Sie gingen nebeneinanderher, am Rand der Wiesen entlang und dann den Weg durch die Dünen. Kein Mensch war hier zu sehen. Lange sagten beide kein Wort. Aber in ihrem Schweigen steckten so

viele, so aufregende, so schöne Wörter, dass es ihnen die Sprache verschlug. Da nahm Karoline einfach seine Hand und hielt sie fest.

So gingen sie weiter und ließen ihre Hände auch nicht los, als sie aus den Dünen zum Strand kamen. Ein bisschen waren sie jetzt wie Bruder und Schwester, wie Annecke und Dirk, wie Jasmin und Clemens, ein bisschen aber auch ganz anders.

Erst auf dem Alten Deich lösten sie ihre Hände. Mama und Papa brauchten das ja nicht gleich zu sehen.

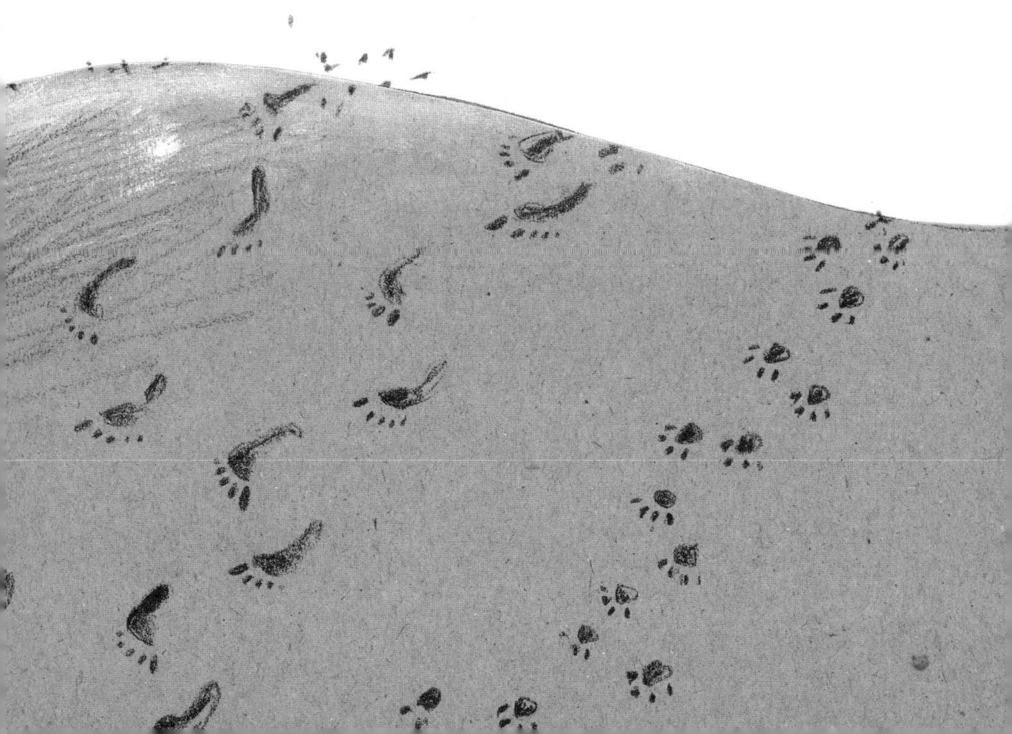

Die Dächer vom Hansen-Hof leuchteten in der Sonne.
»Gehen wir noch mal Arno besuchen?«, fragte Leo.
Sie gingen den schmalen Pfad am Deich hinunter und Leo, der Hund, brauchte ein bisschen Ermutigung, um den Hansen-Hof zu betreten.
Annecke und der kleine Dirk waren nun die Ersten, bei denen sie das neue Spiel ausprobieren konnten: sich nichts anmerken lassen, nichts verraten.
»Kommt ihr nächstes Jahr wieder?«, fragte Annecke zum Abschied.
Ja, wollte Karoline schon sagen, ja klar. Aber dann fiel ihr ein, dass man Annecke nicht anlügen durfte, und wer weiß, was nächstes Jahr war. So vieles konnte passieren.
»Vielleicht«, sagte Karoline. »Mal sehen.«

Auf dem Rücksitz im Auto, so nah beieinander, funktionierte das neue Spiel nicht so einfach.
»Warum sagt ihr denn nichts?«, fragte Mama kurz hinter Elmshorn. »Habt ihr euch gestritten?«
»Ach«, sagte Karoline, »Leo ist so langweilig!«
Sie sahen sich an, kicherten und grinsten.
»Und Karoline will immer alles besser wissen!«, sagte Leo.

Sie pikste ihm in die Rippen.
»So ist das bei Geschwistern«, ließ Papa sich hören. »Das habt ihr ja auch bei euern neuen Freunden gesehen. Tammo will es anders als Jasmin, Jasmin anders als Clemens und so weiter. So ist das. Jeder hat seinen eigenen Dickkopf. Nichts geht zusammen.«
»Na, ich bin gespannt, ob sie uns wirklich besuchen«, sagte Mama. »Werner, also der Professor, hat es immerhin versprochen.«
Als sie in Hamburg durch den Elbtunnel waren und am Hafen vorbeifuhren, sagte Papa: »Wie ist das denn nun, Leo? Die Ferien sind bald vorbei und deine Mutter fliegt nach Amerika. Wie hat dir die Probezeit gefallen? Willst du das nächste halbe Jahr bei uns bleiben?«
»Bloß nicht!«, rief Karoline und lachte.

Abenteuer mit Karoline und ihrem Leo

ISBN 3-7891-3608-5

ISBN 3-7891-3609-3

Karoline ist untröstlich, als sie ins Krankenhaus muss und sich von ihrem Hund Leo trennen muss. Aber Mama und Papa versprechen, gut auf ihn aufzupassen. Doch beim Picknick am Baggersee passiert es: Leo läuft weg! Ob sie den Hund bald wiederfinden?

Karolines neuer Freund heißt auch Leo, genau wie ihr Hund. Die beiden halten noch mehr zusammen, als sie erfahren, dass Leo bald nach Amerika ziehen soll. Doch eines Tages ist der Junge verschwunden. Karoline und ihr Detektivhund machen sich auf die Suche ...

Weitere Informationen unter: ***www.oetinger.de***

Oetinger